W0383066

TIME BENDER

Van dezelfde auteur

Spoedcursus Verlichting
Verlicht Leven
Stadsverlichting
Het Geheim van Genialiteit
Yogi Power
Heimwee naar het Paradijs

Tijn Touber

TIME BENDER

DE MAN DIE DE AARDE KWAM REDDEN

COLOFON
TIME BENDER
Copyright © 2019 Tijn Touber
Auteur: Tijn Touber

Tekstcorrectie: Abc tekstcorrectie, Juliëtte Tews
Grafisch Ontwerp: Erik Wiebes (Lemonpress)
Omslagontwerp: Tijn Touber, Erik Wiebes
Cover illustratie: D-Keine
Foto Tijn: Frank Berkhout

Twaalfde druk: December 2021
Uitgeverij: London Books

Roman
ISBN nummer: 978-94-928835-75
NUR-code: 301

www.tijntouber.com

Niets uit deze uitgave mag worden verveelvoudigd en/of openbaar gemaakt, door middel van druk, fotokopie, microfilm, of op welke andere wijze ook, zonder voorafgaande schriftelijke toestemming van uitgeverij London Books, Prins Hendrikstraat 28, 2411 CT Bodegraven.

INHOUD

Voor Juno, mijn ruimtevriend

1. TIME BENDER

*'In my official status, I cannot comment on ET contact.
However, personally, I can assure you we are not alone.'*

Charles J. Camarda, former NASA Astronaut.

23 augustus, 1974

Het was een warme zomeravond in New York City en John Lennon had behoefte aan frisse lucht. Hij had de hele dag in een bedompte studio aan zijn album *Walls and Bridges* gewerkt en had zojuist de liefde bedreven met zijn secretaresse May Pang. John deed geen moeite om kleren aan te trekken toen hij op het dakterras van haar appartement stapte. Het was zo hoog dat niemand hem kon zien.

May was nog in de slaapkamer en had net een pizza besteld. Opeens hoorde zij een luide schreeuw vanaf het dak. Het was John.

'May, kom hier, snel, je moet dit zien!'

'Een momentje, ik kom zo.'

'Nee, nu! Kom nu meteen!'

Toen May het dak opstapte, viel haar mond open. Er hing een enorm rond object in de lucht, zo groot als een Learjet. Het was zo dichtbij dat ze het met een steen had kunnen raken. Het object hing daar zonder enig geluid te maken, zachtjes heen en weer wiegend.

'Mijn hemel, het is een ufo,' fluisterde May, naar adem happend.

Gefascineerd staarden ze in stilte naar het vreemde voertuig dat minutenlang voor hun ogen danste. Toen, ineens, schoot het recht omhoog de lucht in.

'Dit is niet van de Aarde,' hijgde John, haast achterovervallend. 'Dit is een *bloody* vliegende schotel!'

Ze liepen naar binnen en vroegen zich af of ze de politie moesten bellen, maar hun leven was al zo hectisch en het laatste wat ze wilden, was nog meer aandacht van de pers. Ze besloten een vriend te bellen en hem te vragen de politie op de hoogte te brengen. Toen deze enkele minuten later terugbelde, vertelde hij dat er die avond zeven meldingen waren binnengekomen van mensen die het ruimtevaartuig hadden gezien.

'Ik kan het niet geloven, ik kan het niet geloven, ik heb een vliegende schotel gezien,' was alles wat John de rest van de avond kon uitbrengen.

9 december, 1980

Het is een koude winterochtend in Amsterdam. Ik ben net uit bed, ga naar beneden en zet de radio aan. Terwijl ik water opzet om thee te maken bevries ik. Wat heeft de nieuwslezer nou net gezegd? John Lennon doodgeschoten? Ik ren naar de radio en zet het geluid harder.

'John Lennon is afgelopen nacht vermoord. Hij werd neergeschoten voor zijn huis, het Dakota-gebouw in New York, door een man die zich heeft geïdentificeerd als Mark David Chapman. De man is gearresteerd. Hij is in verwarde toestand. Het motief voor de misdaad is nog onduidelijk.'

De deurbel gaat drie keer. Het is mijn zusje Wendela. Ze is in tranen. We omhelzen elkaar lang en herinneringen stromen binnen van alle keren dat we samen naar The Beatles luisterden. Zij waren de soundtrack van onze jeugd. We groeiden op in Amerika en ik kan me nog goed herinneren dat ik de eerste keer *She loves you* uit de radio hoorde schallen. Mijn wereld stond even stil.

In de verte hoor ik het geluid van de fluitketel.

Ik zet thee terwijl Wendela door mijn platencollectie struint. Vorige week kocht ik Johns laatste album *Double Fantasy.* Ze zet de plaat op en we horen John zingen:

‘*Well, I tried so hard to stay alive, but the Angel of Destruction keeps on hounding me all around. But I know in my heart that we never really parted, oh no. Help me. Lord, help me to help myself.*’

De woorden zijn beklemmend, bijna alsof John aanvoelde dat er iets stond te gebeuren. Ik vraag me af wie deze Engel van Vernietiging is, degene die John achternazat.

Op dat moment kan ik niet bevroeden dat ik hier weldra achter zal komen.

De rest van de dag gaat in een roes voorbij. Na het avondeten kleed ik mij aan om naar de première te gaan van een film waarvoor ik de titelsong schreef. Ik ben niet echt in een feeststemming, maar wellicht is het een goede afleiding voor mijn sombere gedachten.

Wanneer ik bij Tuschinski aankom, de prachtige art-decobioscoop in het hart van Amsterdam, staat de hoofdingang vol met fotografen en bekende Nederlanders die door de pers worden geïnterviewd. Ik probeer er onopgemerkt langs te glippen, maar camera's beginnen te klikken en journalisten richten hun microfoons. Ze willen weten hoe ik denk over de dood van John.

‘Het voelt als het einde van een tijdperk. *The dream is over*, zong John. Zo voelt het.’

Met al die camera's en microfoons op me gericht, begrijp

ik een beetje hoe John zich het grootste deel van zijn leven moet hebben gevoeld: een leven in the *hall of fame.*

Had hij er genoeg van, vraag ik mij af? Was hij er klaar mee en zocht hij een uitweg? Op weg naar binnen schiet me een andere song te binnen, mogelijk de laatste die John heeft opgenomen.

Ook deze tekst is beklemmend: *'Say you're looking for a place to go where nobody knows your name. You're looking for oblivion with one eye on the hall of fame. I don't want to face it, oh no. I don't want to face it no, no, no, no. Every time I look in the mirror I don't see anybody there.'*

Plotseling voel ik een hand op mijn schouder. Ik draai me om en kijk in de ogen van een gedistingeerde oudere heer. Hij is gekleed in een zwart pak met fijne witte streepjes, een smetteloos wit overhemd en draagt een zwarte vlinderdas. Zijn keurig gekapte zilvergrijze haar is halflang, wat hem een jeugdige uitstraling geeft. Wat me het meest opvalt, zijn de diepliggende, fonkelende ogen die me haast lijken te betoveren.

'Hallo mijn vriend,' zegt hij met een vreemd formeel accent, 'ik heb een boodschap van je Moeder.'

Mijn hart maakt een sprong.

'Wat? Wat is er met haar gebeurd? Is zij in orde?'

'Ja hoor, ze is in orde, maar ze heeft jouw hulp nodig.'

'Wat voor hulp? Weet u zeker dat ze in orde is?'

Hij glimlacht geruststellend en zegt: 'Maak je geen zorgen, ze is in orde. Maar ze gaat ascenderen en om dat te kunnen doen, heeft zij meer licht nodig.'

Waar heeft deze man het over?

'Zegt u nu dat mijn moeder gaat sterven?'

'Nee, maar zij moet zichzelf vrijmaken van de vernietigende krachten die haar in hun greep hebben.'

Hij neemt me gedecideerd bij de arm en leidt me weg van

de menigte die zich inmiddels in de hal heeft verzameld: 'Volg mij alsjeblieft. Je film begint over vijftien minuten, wat mij voldoende tijd zou moeten geven om het uit te leggen.'

We lopen naar een bank in de hoek van de ruimte en hij gebaart me te gaan zitten. Hij komt vlak naast me zitten en zegt: 'Laat ik mijzelf om te beginnen voorstellen. Mijn naam is Time Bender. Ik ben een goede vriend van jouw Moeder en - zoals ik al zei - heb ik een boodschap van haar. Om die boodschap te begrijpen, zal ik je eerst een paar dingen moeten vertellen die je wellicht nog niet weet.'

'Oké.'

'Jouw Moeder werd zo'n dertien miljard jaar geleden geboren. Zij was - en is - de meest prachtige planeet die het Universum ooit heeft gezien.'

'O, *die* Moeder...'

Ik glimlach en ontspan. Maar tegen de tijd dat Time Bender klaar is met zijn verhaal ben ik een stuk minder ontspannen.

Hij vervolgt: 'De Aarde is uniek. De oorspronkelijke planners noemden haar de Levende Bibliotheek, omdat zij de codes bevat tot alle mogelijke levensvormen in het Universum. Dat is de reden waarom er zo veel is gevochten om de Aarde. En dan heb ik het niet over jullie recente wereldoorlogen. Ik heb het over oeroude Galactische gevechten.'

Ik kijk hem enigszins verwilderd aan: 'Hebt u het nu over buitenaardsen die om de Aarde vochten?'

'Ik heb het over rassen vanuit het hele Universum. Veel van deze rassen zijn oeroud en waren hier lang voordat de eerste mensen arriveerden. Ik weet dat jullie dit op school niet leren. Jullie wordt verteld dat mensen zich via een natuurlijk evolutionair proces ontwikkelden vanuit aapachtige voorouders om de meest intelligente soort op de planeet te worden, en mogelijk zelfs van het hele Universum. Maar de waarheid is precies het tegenovergestelde: mensen zijn niet natuurlijk ontstaan vanuit apen, ze zijn niet alleen in het Universum en zijn momenteel niet bepaald de meest intelligente soort.'

'Dus u *heeft* het over buitenaardsen?'

Hij kijkt me verbaasd aan.

'Verrast jou dat? Weet je dat het hele Universum bestaat uit net zo veel bewoonbare planeten als dat er mensen op Aarde zijn? En, technisch gezien, zijn jullie ook buitenaards. Jullie zijn lang geleden gezaaid door buitenaardse rassen.'

'Gezaaid?'

'Jullie zijn gecreëerd.'

Dit begint een buitengewoon vreemd gesprek te worden. Waarom vertelt hij me dit allemaal? Wat moet ik hiermee? Ik schuifel ongemakkelijk heen en weer. Time Bender bemerkt mijn onrust.

'Luister alsjeblieft nog even naar me,' zegt hij kalmerend, 'dan wordt het vanzelf duidelijk.'

Hij vervolgt: 'De Levende Bibliotheek op Aarde was destijds opgezet als een prachtig Galactisch experiment. Bijna alle rassen namen hieraan deel en dat was beslist een unicum. Vrijwel alles dat groeit, bloeit en leeft - in de vorm van planten, dieren en mensen - is op deze planeet gezaaid vanuit de hele Kosmos.'

'Wacht even, u bent me kwijt, begrijp ik goed dat u zegt dat wij mensen door buitenaardse wezens zijn gecreëerd?'

'Ja, maar de mensheid is een zeer speciaal ras, ook al zijn jullie dit zelf vergeten. Wij noemen de mensheid het Koninklijke Ras, omdat het volledige DNA potentieel in jullie ligt opgeslagen. Mensen dragen genen in zich van zo ongeveer elk ras in het Universum: Pleiadiërs, Orions, Lyrans, Sirianen, Anunnaki, Vegans, Andromedans, Reptillianen en Zeta. Mensen bevatten de Universele Code van Leven. Dat is waarom zij zo bijzonder en zo waardevol zijn.'

'Wat is er zo speciaal aan deze codes?'

'De codes zijn nodig om de Levende Bibliotheek te activeren en je te doen ontwaken voor je volledige potentieel. Dat is waarom het hele Universum op dit moment gespannen naar jullie kijkt. Iedereen is benieuwd om te zien wat de mensheid nu gaat doen.'

Het wordt steeds drukker om ons heen en Time Bender schuift nog dichter naar mij toe om zich verstaanbaar te maken: 'Ik vertelde je al dat de Aarde nu gaat ascenderen. De enige manier om zich te bevrijden van de ketenen van oorlog en destructie is om haar frequentie te verhogen. En omdat zij dit doet, komen nu ook alle Aardewezens in die verhoogde trilling. Gaia, jouw Moeder, beweegt nu van de derde dimensie naar de vierde en de vijfde. Maar om dit proces te doen plaatshebben, heeft zij meer licht nodig.'

'Wacht, ik ben het spoor alweer bijster. Wat is een dimensie?'

'Een dimensie is een bandbreedte, een realiteitsfrequentie. Jullie leven op dit moment in een derde dimensie realiteit, wat betekent dat je alleen deze frequentie waarneemt - zoals een radio of televisiezender waarop je bent afgestemd. Er zijn veel meer frequenties, maar je ervaart ze alleen wanneer je je ontwikkelt en leert om daar op af te stemmen.'

'En om dat te kunnen, is er meer licht nodig?'

'Dat klopt. Wanneer er meer licht in de Aardse atmosfeer binnenstroomt kunnen de oorspronkelijke codes worden geactiveerd. Dit zal jullie DNA upgraden en uitlijnen. Jullie zullen je grootsheid weer herinneren en de levende belofte van het Universum worden.'

'Wow, dat klinkt episch.'

'Je moet goed begrijpen dat hetgeen de mensheid nu gaat doen van cruciaal belang is voor alle sterrenrassen. De vraag is: zullen jullie ascenderen naar het volgende niveau en leren om in harmonie met elkaar en jullie planeet te leven, of zullen jullie de Levende Bibliotheek vernietigen en jezelf terug katapulteren naar een stenen tijdperk met als gevolg opnieuw vele cycli van dood en wedergeboorte?'

'Als u het zo brengt dan kies ik voor ascentie.'

Hij glimlacht flauwtjes en zegt: 'Ik ben blij dat je er zo over denkt.'

Boing. Boing. Boing.

Het geluid van de theatergong herinnert ons aan de tijd. Nog een paar minuten. Time Bender kijkt me indringend aan. Het is alsof zijn donkere ogen beginnen te pulseren. De omgeving lijkt te verdwijnen en ik hoor alleen nog zijn stem: 'Wat je ook moet weten, is dat er ongelooflijk veel weerstand is tegen jullie opstanding. De Engelen van Vernietiging doen er alles aan om te voorkomen dat dit gebeurt.'

'De Engelen van Vernietiging? Dat is ook sterk. Wist u dat John Lennon over hen heeft geschreven?'

'Natuurlijk weet ik dat. Dat is ook de reden waarom ik vanavond naar jou uitreik. Er is een goddelijke timing in dit alles, zoals je zult gaan zien.'

'Wie zijn die Engelen van Vernietiging dan precies?'

'Dit zijn wezens die het contact zijn verloren met de Bron. Je kunt ze niet zien omdat zij in een dimensie zitten die jullie nog niet kunnen waarnemen. Maar over niet al te lang zullen zij worden ontmaskerd. Wanneer de Aarde stijgt naar het volgende niveau komen jullie in hun omgeving terecht, de vierde dimensie. Jullie zullen dan de duistere krachten waarnemen die jullie al vele duizenden jaren onderdrukken.'

'Hebt u het over de Illuminatie?'

'De Illuminatie zijn slechts een van de vele gezichten van de Engelen van Vernietiging. Wat zij najagen, is absoluut macht en controle. Omdat zij hun verbinding met de Schepper zijn kwijtgeraakt, kunnen zij deze voedende energie niet meer in zich opnemen. Om in leven te blijven, voeden zij zich met de energie van anderen.'

'Een soort parasieten dus?'

'Precies. Net zoals jullie gewassen verbouwen en vee houden voor voedsel en kleding, zo houden zij mensen. Zij leven van jullie ziel-energie, die zij oogsten. Wanneer jullie in een staat van angst en spanning verkeren zijn jullie voedsel voor hen. Teneinde jullie in dit angstige bewustzijn te houden, dicteren zij de wereldgebeurtenissen.'

Ik moet er behoorlijk geschokt hebben uitgezien, want zijn donkere ogen verzachten zich even. Het pulseren stopt. Dan raakt hij mijn hand lichtjes aan en zegt: 'Ik weet dat dit schokkend is, maar het biedt ook grote mogelijkheden voor jullie. Er is een manier om vrij te worden van deze onderdrukking en het spel te veranderen, maar daarvoor moet je leren om de tijd te buigen. Je moet een Time Bender worden.'

Boing. Boing. Boing.

In rap tempo spreekt hij verder: 'Nu de Aarde haar frequentie exponentieel aan het verhogen is, worden de Engelen van Vernietiging steeds wanhopiger. Momenteel zijn ze bezig hun finale akte voor te bereiden: het orkestreren van een calamiteit die de wereld zal schokken, waarna zij uit de hemel zullen neerdalen en zich zullen presenteren als jullie redders. Zij zullen zich voordoen als de Goden waar de mensheid al zo lang op wacht. Zij zullen zich presenteren als jullie Messias, als jullie Verlosser. Als jullie voor deze list vallen, zullen zij de boel volledig overnemen. Er zal dan geen weg terug meer zijn en geen hoop om de Levende Bibliotheek te redden en een vreedzame ascentie te bewerkstelligen.'

De hal is inmiddels leeg geworden en de laatste bezoekers haasten zich het theater in. Maar Time Bender is nog niet klaar.

'Luister nu goed: de codes om de Levende Bibliotheek te

activeren zijn door jullie Moeder lang geleden op een geheime plek verborgen. Zij wist dat er een dag zou komen waarop zij ze zou activeren en ze moest er zeker van zijn dat ze veilig waren.'

'Waar heeft zij die codes verborgen?'

'In jou.'

'In mij?'

'In jullie allemaal. En zij wil dat jij ze nu activeert.'

'Maar...'

Hij heft een bezwerende hand op en zegt: 'Ik verwacht niet dat je dit alles nu begrijpt. Luister gewoon naar wat ik zeg. Het enige wat je hoeft te doen is meer licht creëren. Daarom vraagt Gaia jou om Cirkels van Licht te bouwen.'

'Wat betekent dat?'

'Geen idee, ik ben slechts de boodschapper.'

Hij staat op en reikt me de hand.

'Dank je voor je tijd en veel geluk met je opdracht.'

'Mijn opdracht?'

'Ja, je bent niet onvoorbereid gekomen. Je bent goed opgeleid.'

'Goed opgeleid? Waarvoor?'

'Geduld, mijn vriend.'

Boing. Boing. Boing.

2. SALVADOR DALI

'And up in the clouds I can imagine UFOs chuckle
to themselves: "Heh heh." They saying: "Those people so uptight,
they sure know how to make a mess, hey!"'

Jimi Hendrix, gitarist, zanger, songschrijver.

Vijf maanden later zit ik in een vliegtuig op weg naar Barcelona. Ik heb behoefte aan een time-out van de hectische muziekwereld. De titelsong voor de film werd een hit in Nederland en mijn leven kwam in een stroomversnelling. Ik was non-stop in touw en voelde de hete adem van de platenmaatschappij in mijn nek om weer een pakkende tune te schrijven.

Door dat harde werken begon de lol van muziekmaken naar de achtergrond te verdwijnen. Ik speel al gitaar sinds mijn tiende en kan me geen dag herinneren dat ik niet heb genoten van het gezelschap van mijn trouwe instrument. Maar nu was muziek werk geworden en betrapte ik mijzelf erop dat ik commercieel begon te denken: wat zou het publiek willen horen, in plaats van: wat vind ik zelf mooi?

Tijd om even afstand te nemen dus. Voor mij is er geen mooiere plek om dat te doen dan een klein dorp in het noorden van Spanje dat Cadaqués heet. Dit pittoreske dorp ligt aan de kust waar de uitlopers van de Pyreneeën te water gaan. Het heeft prachtige strandjes, rotsachtige snorkelgebieden en het dorp wordt sinds jaar en dag door veel 'alternatieve' types als muzikanten en kunstenaars bezocht.

Wanneer het vliegtuig goed en wel is opgestegen en het bordje 'stoelriemen vastmaken' is uitgegaan, draait de man die naast me zit zich naar me toe: 'Zeg, ben jij niet die muzikant van de tv?'

'Eh, ja, inderdaad.'

'Hi, ik ben Frank, en ik moet zeggen dat ik echt van je song geniet. Het is lekker catchy met een geweldige gitaarsolo.'

'Dank je.'

Frank vertelt me dat hij ook gitaar speelt in een bandje en weldra kletsen we honderduit over muziek, gitaren en onze favoriete gitaristen. Jimi Hendrix staat hoog op de lijstjes. Frank weet zo ongeveer alles over Hendrix en het is leuk om de anekdote te horen over hoe Hendrix voor het eerst naar Londen kwam om met Eric Clapton te jammen en hem op een geleende gitaar van het podium blies.

Frank vertelt ook over The Beatles die naar een concert van Hendrix kwamen, enkele dagen nadat zij *Sgt. Pepper's Lonely Hearts Club Band* hadden uitgebracht. Hendrix opende de show met de titelsong van hun plaat en knalde erdoorheen alsof hij het zijn hele leven al speelde.

'Wist je,' zegt Frank nadat we Hendrix' technische vaardigheden en vernieuwende ideeën diepgaand hebben geanalyseerd, 'dat Hendrix' optredens vaak werden begeleid door paranormale gebeurtenissen en zelfs door ufo's?'

Ik kijk hem vol ongeloof aan. 'Echt? Dat is raar,' zeg ik. 'Een paar maanden geleden had ik een gesprek met een vreemde man die alles over buitenaardsen leek te weten.

Hij vertelde me dat buitenaardsen een belangrijke rol hebben gespeeld in de ontwikkeling van de mensheid.'

'Of dat zo is, weet ik niet, maar ik weet wel dat ze een belangrijke rol hebben gespeeld in de ontwikkeling van Jimi Hendrix. Je zou zelfs kunnen stellen dat we nooit van hem hadden gehoord als buitenaardsen hem niet hadden geholpen.'

'Hoe dan?'

'Heb je ooit gehoord van Curtis Knight?'

'Was hij niet de zanger waarmee Hendrix speelde voordat hij beroemd werd?'

'Dat klopt. Knight heeft nadien twee boeken geschreven over zijn ervaringen met Hendrix. Hij beschrijft onder meer wat er op een nacht nabij Woodstock gebeurde. De band was op weg naar huis toen zij plotseling werden overvallen door een hevige sneeuwstorm. De storm was zo erg dat de auto op een gegeven moment vast kwam te zitten. Ze probeerden de auto warm te houden, maar de temperatuur bleef dalen en na een tijdje werden ze echt bang dat ze dood zouden vriezen.'

'Wow, wat gebeurde er?'

'Ineens zag Knight, die achter het stuur zat, iets oplichten in de sneeuw vlak voor de auto. Het schijnsel kwam van een kegelvormig object waarvan Knight overtuigd was dat het buitenaards moest zijn. Hij raakte in paniek, evenals zijn bandleden. De enige die volstrekt rustig bleef, was Jimi. Hij leek telepathisch te communiceren met het wezen dat nu uit het voertuig kwam.'

'Echt? Hoe zag het eruit?'

'Het was geelachtig met gleuven als ogen. Het liep niet, maar gleed. Overal waar het kwam, deed het de sneeuw smelten. Na enkele minuten was de weg vrij en Knight, die vol ontzetting had toegekeken, trapte keihard op het gaspedaal - recht op de alien af. Op hetzelfde moment dat Knight gas gaf, schoot het schip omhoog.'

'Lunch, heren?'

Ik vind het lastig om me te concentreren op het eten. Wat een verhaal over Hendrix en zijn buitenaardse connectie. Ik vraag mijn buurman of Hendrix vaker dergelijke ervaringen had.

Frank zegt: 'Het verhaal gaat dat hij en zijn broer toen zij jong waren vanuit hun slaapkamerraam in Seattle een ruimteschip zagen. Ik denk dat er toen iets openging voor kleine Jimi. Hij was volledig gefascineerd door scifi en buitenaardse wezens. Een tijdlang stond hij er zelfs op om Buster te worden genoemd. Hij was namelijk geobsedeerd door Flash Gordon, een van de eerste sciencefiction helden. Flash Gordon werd gespeeld door een man die Buster Crabbe heette.'

'Was Flash Gordon niet een blonde hunk?'

'Haha, ja dat is waar. Maar dat maakte kleine Jimi niets uit.'

'Zijn er andere muzikanten die ervaringen hebben gehad met buitenaardsen, dat je weet?'

'Elvis Presley schijnt voor een belangrijk deel van zijn leven in hun gezelschap te hebben verkeerd. Het begon al toen hij werd geboren. Elvis' vader was tijdens de bevalling om twee uur 's nachts even naar buiten gegaan om een sigaret te roken. Toen hij omhoog keek, zag hij vreemde pulserende blauwe lichten. Hij zegt dat hij toen wist dat er iets bijzonders aan het gebeuren was.'

'Vertel me meer!'

'Mick Jagger zag ooit een sigaarvormig ruimteschip toen hij in Glastonbury kampeerde met zijn toenmalige vriendin Marianne Faithfull. Een jaar later zag hij een tweede ruimteschip tijdens het concert in Altamont. Het maakte zo'n grote indruk op hem, dat hij een ufodetector op zijn landgoed liet installeren.'

'Ik weet niet wat ik moeilijker vind om te geloven: dat Mick Jagger een ufo zag, of dat hij kampeerde. Wat is trouwens een ufodetector?'

'Weet ik niet precies. Misschien een soort radarsysteem? Wist je dat ufo's tegenwoordig zo vaak worden waargenomen door radarsystemen op militaire bases in de VS, dat ze worden uitgefilterd?'

'Echt? Waarom doen ze dat?'

'Ze zien te veel ufo's en kunnen er niets mee. Daarom hebben ze filters ingebouwd. Ze negeren ze gewoon.'

'Dus ufo's zijn voor militairen in Amerika de gewoonste zaak van de wereld, terwijl de meeste mensen zich nog steeds afvragen of buitenaardsen werkelijk bestaan? Bizar!'

Wanneer thee en koffie wordt geserveerd, vertelt Frank vrolijk door over nog meer muzikanten die contact hebben gehad met buitenaardsen: 'Keith Richards was ervan overtuigd dat ufo's landden op zijn Redlands Estate in Sussex. Hij is er ook van overtuigd dat buitenaardsen op de een of andere manier zijn verbonden met het ontstaan van de mens.'

'En David Bowie?'

'Haha, ja natuurlijk. Bowie heeft als kind verschillende keren ufo's gezien. Zijn voormalige vrouw Angela heeft ze ook gezien. Toen zij in 1974 naar Detroit reden zagen zij een voertuig in de lucht hangen. Later rapporteerde een tv-station een ufocrash bij Detroit waarbij vier buitenaardsen werden gevonden.'

'Dames en heren, de captain heeft zojuist het maak-uw-stoelriemen-vastsignaal gegeven. Plaats uw handbagage onder de stoel voor u of in de opbergruimtes boven uw hoofd. Ga alstublieft zitten en maak uw gordel vast. Zorg er ook voor dat uw stoel rechtop staat en dat uw tafels zijn ingeklapt.'

In de aankomsthal nemen Frank en ik afscheid met een stevige hug en vier uur later rijd ik in een gehuurde auto Cadaqués binnen. Nadat ik heb ingecheckt in mijn hotelkamer besluit ik een slaapmutsje te nemen in een van de bars op het centrale plein. De kroeg die ik binnenga heet l'Hostal en is vermaard om zijn fantastische livemuziek.

Op het podium zit een prachtige jonge vrouw die gitaar speelt en aangrijpende Spaanse liedjes zingt. Haar stem doet me denken aan het doorleefde schuurpapier van Janis Joplin, terwijl deze vrouw niet veel ouder kan zijn dan vijfentwintig. Ik begrijp geen woord van wat ze zingt, maar de songs komen recht mijn hart binnen.

In de pauze loop ik naar haar toe en complimenteer haar. Ze lacht verlegen, reikt me de hand en stelt zich voor als Anna. In gebroken Engels vertelt ze me dat de liedjes die ze zingt afkomstig zijn uit Catalonië. Het zijn veelal droeve liedjes over zeelui die niet meer terugkeren en de onderdrukking van hun trotse volk door de Spaanse overheid. Na tien minuten moet ze weer op.

Halverwege de tweede helft van haar optreden ben ik zo moe dat ik echt terug moet naar mijn hotelkamer. Het resultaat van vele maanden veel te weinig slaap wordt voelbaar en de gin-tonics helpen ook niet echt. Ik stommel wat onvast richting hotel en wanneer ik mijn bed bereik, plof ik neer en val nog voordat ik het kussen raak als een blok in slaap. Ik droom die nacht over jonge vrouwen met gitaren die betoverende liedjes zingen in fallusgevormde ruimteschepen.

De volgende ochtend ontbijt ik op het strand. De croissants en koffie smaken fantastisch en ik begin langzaam te ontspannen. Ik tuur over de oceaan en in de verte zie ik de vissersboten terugkomen van hun nachtelijke vaart. De bootjes worden gevolgd door een wolk zeemeeuwen die zo nu en dan duikt naar de te kleine visjes die overboord worden gegooid.

Na het ontbijt wandel ik over het strand en vind een lekker plekje om wat gitaar te spelen. Het gesprek met Frank suist nog na en ik besluit om te zien of ik *Sgt. Pepper's* kan spelen. Ik zoek wat grepen en al snel ben ik aan het zingen: *'It was twenty years ago today, Sgt. Pepper taught the band to play. They've been going in and out of style, but they're guaranteed to raise a smile. So may I introduce to you the act you've known for all these years: Sgt. Pepper's Lonely Hearts Club Band.'*

Plots dringt het tot me door dat ik niet alleen aan het zingen ben. Achter me hoor ik een vrouwenstem die het refrein meezingt: *'Sgt. Pepper's lonely, Sgt. Pepper's lonely, Sgt. Pepper's lonely Hearts Club Band...'*

Ik kijk om en zie een lachend gezicht.

'Anna!'

'Hi, dat klonk goed! Heb je zin om samen te spelen?'

'Tuurlijk!'

Anna komt naast me zitten en pakt haar gitaar uit. We stemmen de gitaren op elkaar af en dan sluit ze haar ogen voordat ze zachtjes begint te tokkelen. Ik luister een tijdje en val dan rustig in met wat licks. De song is makkelijk te volgen. Ik sluit ook mijn ogen en verwonder me over zo veel geluk. Hier zit ik dan op het strand en speel een prachtig liedje in de zon met deze mooie, getalenteerde vrouw.

We spelen die ochtend vele uren samen. Tussendoor kletsen we over muziek, onze levens en we lachen veel. Ik begin de liedjes nu goed te kennen en ga zelfs achtergrondkoortjes zingen. Ik heb geen idee wat ik zing - mijn Spaans is nihil - maar het klinkt prima.

Wanneer het tijd is voor de lunch en een siësta neemt ze me mee naar haar appartement. Pas laat in de middag worden we in elkaars armen wakker. Anna kijkt op de klok en zegt: 'We hebben nog net genoeg tijd voor een douche, dan moet ik naar l'Hostal voor de show. Heb je zin om mee te gaan?'

'Tuurlijk.'

'Wil je dan ook meespelen?'

'Op het podium? Vanavond? Met jou?'

'Ja!'
'Eh, tuurlijk.'

We douchen samen, dopen nog wat brood in de olijfolie, pakken onze gitaren en gaan op weg. Onderweg voel ik me toch een beetje nerveus worden. Het is één ding om op het strand wat te improviseren, maar het is heel wat anders op een podium voor publiek. Maar Anna lijkt zich niet druk te maken en oogt ontspannen en gelukkig.

Wanneer we l'Hostal binnenstappen heeft ze een paar minuten nodig om de manager te overtuigen dat ik mee moet spelen. Met duidelijke tegenzin zet hij een tweede microfoon neer en laat me zien waar ik mijn gitaar kan inpluggen.

Een kwartier later geeft hij ons een seintje en beklimmen we het podium. De zaal valt stil en terwijl ik ga zitten realiseer ik me dat ik er niet eens aan heb gedacht om mijn gitaar te stemmen. Het zweet breekt me uit, terwijl Anna begint te tokkelen. De eerste minuut ben ik vooral bezig mijn gitaar in tune te krijgen, maar daarna sluit ik mijn ogen en neemt de muziek het over.

Tussen de liedjes door kijk ik af en toe naar Anna. Ze is duidelijk aan het genieten. We smelten steeds meer samen en na een tijdje voelt het alsof we opnieuw de liefde bedrijven, maar nu via onze muziek. De avond wordt een daverend succes en na afloop vraagt de manager of ik morgen weer meekom.

De volgende avond is de zaal nog voller. Terwijl Anna zingt over 'haar geliefde die naar zee vertrok en nooit terugkwam' zing ik iets dat waarschijnlijk klinkt als 'jouw moeders auto is stuk en de paus is dood'. Er wordt veel gelachen en er is ontroering.

Tijdens ons optreden op de derde avond verschijnt een flamboyant geklede man in de deuropening. Hij wandelt gracieus door de menigte, drukt hier en daar een hand, glimlacht minzaam en gaat recht tegenover ons aan de bar zitten.

Zijn ogen lijken zich in me te boren en ik moet mijn best doen om me op de muziek te concentreren.

Tussen twee liedjes door vraag ik zo ongemerkt mogelijk aan Anna wie die man is.

'Zijn naam is Carlos,' fluistert ze. 'Hij is de vriend van Dalí.'

'Dalí? Salvador Dalí, de schilder?'

'Ja.'

'Wow.'

Na de show maakt Carlos zich los van een menigte aanbidders en wandelt naar ons toe. Wanneer hij voor ons staat is mijn eerste associatie met een Arabische volbloed. Hij lijkt volmaakt in zijn houding en bewegingen.

Het duurt even voordat ik doorheb dat hij zijn hand heeft uitgestoken.

'Oh sorry, goedenavond,' zeg ik terwijl ik zijn hand schud.

'Goedenavond, ik heet Carlos,' zegt hij terwijl hij mijn hand met twee handen vastpakt en deze gedurende zeker dertig seconden omklemd houdt en me priemend aanstaart. Enigszins ongemakkelijk probeer ik me te bevrijden uit zijn greep, maar dat lukt pas als Anna hem een lichte por geeft.

'Zo is het wel genoeg, Carlos,' zegt ze plagend.

Carlos zucht, draait met zijn ogen en zegt: 'Oké, ik ken mijn plek. Willen jullie iets drinken?'

'Gin-tonic alstublieft.'

Wanneer de drankjes arriveren, brengt hij een toost uit: 'Op jullie, het prachtige stel. Salut.'

We heffen het glas, nemen een slok en kijken elkaar blozend aan. Carlos onderbreekt onze verliefde blikken en zegt streng: 'Zeg, ik neem aan dat je wel eens hebt gehoord van Salvador Dalí?'

'Ja, natuurlijk.'

'Ik ben zijn afgezant en heb een vraag. Zouden jullie morgenavond naar zijn huis willen komen om voor hem en een klein gezelschap van speciaal genodigden te spelen?'

Mijn mond valt open. Hoor ik dat goed?

Carlos glimlacht geroutineerd. Waarschijnlijk heeft hij deze reactie vaker gezien. Hij legt uit: 'Mijn meester vindt het genoeglijk om zo nu en dan entertainment te bieden wanneer hij gasten ontvangt. Ik denk dat hij van jullie songs zal genieten aangezien hij van Catalaanse afkomst is.'

Anna is de eerste die kan spreken: 'Dat is fantastisch. Natuurlijk willen wij voor Dalí spelen, toch?'

'Tuurlijk.'

Carlos kijkt tevreden: 'Afgesproken dan. Morgenavond om acht uur zal ik jullie opwachten bij de hoofdingang van zijn woning. Het huis ligt net over de heuvel aan de oostzijde van de stad.'

De volgende avond arriveren we een paar minuten te vroeg bij de toegangspoort van Dalí's mansion. Ik draag het enige nette shirt dat ik bij me heb en Anna heeft voor de gelegenheid haar donkere krullen geborsteld. Carlos verwelkomt ons en gaat ons voor. 'We lopen door de woning van Salvador Dalí,' fluister ik, terwijl ik in Anna's hand knijp. 'Dit zijn de schatten die zo waardevol zijn dat ze niet in een museum terecht zijn gekomen.'

We zien vreemde sculpturen, scheve eieren, beren met juwelen, smeltende klokken en schilderijen van wezens met lange ledematen. Plotseling staan we weer buiten in de openlucht. Het is een ronde binnenplaats met aan een kant een verhoging. Op die verhoging zitten Dalí en zijn gasten.

De meester is gekleed in een lang wit gewaad en houdt een gouden scepter in zijn rechterhand. Zijn enorme snor krult omhoog en doet me denken aan de hoorns van een stier. Hij kijkt naar ons met grote ogen, zonder te glimlachen. Aan zijn rechterzijde zit zijn vrouw Gala die helemaal in het zwart is gekleed met een enorme strik in het haar. Er zijn nog vier andere mensen, maar wij worden niet voorgesteld.

Carlos wijst ons naar twee stoelen die in het midden van de binnenplaats staan. We pakken onze gitaren en zodra we zitten sluit Anna haar ogen. We zijn even stil en dan begint ze aan een van haar meest aangrijpende liederen. Dalí herkent de melodie meteen, glimlacht nu zelfs een beetje en leunt achterover op zijn troon. Zo nu en dan sluit hij de ogen en speelt wat met zijn indrukwekkende snor.

Ik prijs me gelukkig dat mijn gitaar is gestemd en dat het geluid goed is. Ik sluit mijn ogen en laat de muziek spelen, daar onder de sterrenhemel in het huis van Salvador Dalí.

Na een halfuur krijgen we een seintje van Carlos. Tijd om af te ronden. We pakken onze instrumenten in en lopen naar Dalí en zijn gezelschap om afscheid te nemen. Hij kust Anna's hand en streelt haar haar. Dan draait hij zich naar mij.

'Je hebt een Catalaans hart.'

'Dank u meneer.'

'Ken je mijn werk?'

'Ja meneer, ik heb een dag doorgebracht in uw museum in Figueres.'

'Wat vind je ervan?'

'Ik vind uw kunst geweldig, sir.'

'Wat vind je er zo geweldig aan?'

'Eh, uw werk voelt als een droom. Het voelt alsof ik in een droom stap.'

'Ja, het leven *is* ook een droom. Heb je de smeltende klokken gezien?'

'Ja.'

'Weet je waar die voor staan?'

'Nee meneer.'

'Zij symboliseren de flexibiliteit van tijd. Ze laten je zien dat je de tijd kunt buigen.'

Mijn mond valt open.

'Hoe weet u...?'

Maar hij onderbreekt me door lichtjes met zijn scepter op mijn schouder te tikken.

'Ga nu blauwogige Catalaan. Ik wens je veel succes met je missie.'

3. DADI JANKI

'Tell your leader, Sir or Ma'am, we come in peace.
We mean no harm. Somewhere out there in
the unknown all ET's are phoning home.'

'Aliens' van Coldplay, van het album Kaleidoscope.

Terug in Nederland word ik onmiddellijk in de draaikolken van alledag getrokken. Mijn band gaat weer op tournee en deze keer reizen we door België en Duitsland. Vanuit elke stad waar ik ben stuur ik Anna briefkaarten. Op iedere kaart teken ik mijzelf met gitaar voor een monument of concertzaal waar we spelen. Anna stuurt me briefkaarten uit Cadaqués en Barcelona. Maar na een paar maanden stopt ze met schrijven.

Ik mis haar. Ze heeft me enorm geholpen om weer plezier te krijgen in muziek. Het was heerlijk om met haar te spelen. De liedjes waren zo eenvoudig en maakten het mogelijk om te improviseren zonder na te denken en met de muziek mee te vloeien. Er was geen strakke set, geen ingestudeerde danspasjes, geen lichtshow. Iedere keer dat we samen speelden, klonken de liedjes weer fris en nieuw. Anna liet me zien dat muziek niet alleen gaat over techniek, maar vooral over gevoel.

Na een paar maanden geef ik het op en stop met haar kaarten te sturen. Het leven dendert door en langzaamaan vergeet ik Anna en haar wijze lessen. Ik word weer deel van een hitmachine. Maar ondanks alle successen, blijft iets in mij onvervuld. Er ontbreekt iets, maar wat? Steeds vaker merk ik dat ik terugdenk aan die vreemde ontmoeting met Time Bender en aan de missie die ik schijn te moeten vervullen. Ik zou hem er alles over willen vragen, maar in al die jaren laat hij zich niet één keer zien.

Totdat ik op een vroege morgen op mijn fiets door Amsterdam sjees op weg naar een repetitie. Zoals gewoonlijk ben ik in gedachten verzonken over de dag die voor me ligt en kijk ik nauwelijks om me heen. Maar wanneer ik voor een rood stoplicht sta, wordt mijn blik getrokken door een enorm reclamebord boven me, met daarop een afbeelding van Time Bender. Onder zijn afbeelding staan twee woorden: Dadi Janki.

Ik sta als aan de grond genageld en heb helemaal niet door dat het licht op groen springt. Achter mij beginnen mensen te roepen en te bellen. Ik ga van het fietspad af en kijk weer omhoog naar de reclamezuil. Een hippe veertiger met moderne ongeschoren tronie kijkt me zwoel aan in de hoop dat ik de parfum ga kopen die hij schijnt te dragen. Geen spoor van Time Bender. Ik knipper vol ongeloof met mijn ogen, maar Time Bender komt niet terug. Ik pak mijn notitieblok en schrijf de woorden Dadi Janki.

Een week later ben ik op bezoek bij Arthur, de keyboardspeler van mijn band. Het was me opgevallen dat hij de laatste maanden sterk was veranderd. Van een verwilderde, chaotische, freejazzmuzikant (met bijbehorend interieur) was hij steeds meer een rustige, weloverwogen en gebalanceerde persoonlijkheid geworden.

Toen ik hem ernaar vroeg, vertelde hij dat hij was gaan

mediteren. Wanneer ik bij hem op de bank plof en meer wil weten, vertelt hij dat de organisatie waar hij heeft leren mediteren Brahma Kumaris Spiritual University heet en wordt geleid door vrouwen. Ze hebben geen goeroe en onderwijzen een simpele techniek die blijkbaar heel effectief is.

'Wow,' zeg ik, 'als meditatie ook zo veel effect op mij heeft, wil ik dat wel eens proberen. Moet ik dan naar India?'

'Nee hoor, er is een centrum om de hoek op de Haarlemmerdijk.'

'Maar is het niet beter om naar India te gaan en het daar te leren bij die wijze vrouwen?'

'Als je dat echt wilt, kan dat waarschijnlijk wel. Ik denk dat je dan toestemming moet vragen aan het hoofd van de organisatie.'

'Wie is dat?'

'Zij is een van de meest krachtige en charismatische mensen die ik ooit heb ontmoet.'

'Klinkt goed. Hoe heet ze?'

'Dadi Janki.'

'Wat?'

'Dadi Janki.'

'Ja, ik verstond je wel, maar ik sta perplex. Ik zag die naam een week geleden heel groot in de stad op een billboard. Weet je waar ik Dadi Janki kan vinden?'

'Ja, ze woont in India, in een klein bergdorp dat Mount Abu heet. Daar ligt het hoofdcentrum van de organisatie.'

Thuisgekomen kijk ik in mijn agenda en boek direct een vlucht naar New Delhi. Drie dagen later sta ik voor het eerst op Indiase bodem. Op een onverklaarbare manier voel ik me direct thuis. De stad is weliswaar ongelooflijk chaotisch en vol armoede en vreemde gebruiken - zoals het kastenstelsel en de heilige koeien die het verkeer blokkeren - maar veel mensen stralen een rustige spiritualiteit uit die ik maar zelden in het Westen tegenkom. Zelfs iedere taxi is als een tempel vol kleurige goden op de dashboards, zoals de aap-god Hanuman, de olifant-god Ganesh, Krishna, Lakshmi, Narayan, Shankar, Shiva, Parvati, Durga, Boeddha en zelfs Jezus.

Het hindoeïsme, zo blijkt al snel, is een zeer complexe religie die bestaat uit vele subreligies. Er is geen centrale autoriteit, dus elke hindoe brouwt zijn eigen persoonlijke geloofssysteem. Hindoes vereren drieëndertig miljoen verschillende goden, hebben ontelbare geschriften, rituelen, priesters, monniken, goeroes en een eindeloze variëteit van tegenovergestelde *do's and don'ts*.

Er is een mooi verhaal dat de complexiteit van het hindoeïsme illustreert. Een rijke zakenman uit Mumbai, die een devote aanbidder is van Krishna, krijgt op een dag een visioen van Krishna en mag een wens doen. Hij is zo verbijsterd door de verschijning van zijn favoriete God, dat het enige wat hij bedenken kan, is een brug tussen Mumbai en New York omdat zijn dochter daar studeert.

Krishna luistert naar de wens van zijn aanbidder en valt dan stil. Na een tijdje zegt hij behoedzaam: 'Dat is nogal wat om te vragen. Weet je hoe ongelooflijk complex en ingewikkeld het is om zo'n brug te bouwen? Is er echt niets anders dat je wenst?'

De zakenman denkt even na en zegt dan: 'Ik ben mijn leven lang een devoot hindoe geweest, maar snap nog steeds niet goed waar het nu allemaal over gaat. Kunt u dat aan mij uitleggen alstublieft?'

Krishna valt weer stil, kijkt naar de grond en zegt dan: 'In welke kleur wil je de brug hebben?'

Na enkele dagen te hebben rondgezworven in New Delhi neem ik de bus naar Agra om de Taj Mahal te bezoeken. Net buiten de stad zie ik een man op de hoek van de straat liggen. Zijn benen liggen deels op de weg en tot mijn afgrijzen rijdt de buschauffeur over zijn benen heen. Ik schreeuw en ren naar voren, de chauffeur gebiedend om te stoppen.

'Waarom? Wat is er aan de hand?'

'U reed net over een man heen!'

'Ik heb geen man gezien.'

'Ga terug, we moeten hem helpen!'

De chauffeur kijkt me nauwelijks aan, haalt zijn schouders op en rijdt gewoon door. Ook dat is India.

De volgende dag stap ik in de trein naar Mount Abu. Het grootste deel van de reis sta ik in de open deuren en geniet van het kleurrijke landschap. Wanneer ik een dag later onder het stof in Mount Abu arriveer, voelt de ashram als een oase. Het is er brandschoon, iedereen is in het wit gekleed en lijkt voortdurend te glimlachen.

Bij de poort word ik door een jonge yogi, die Satish heet, verwelkomt. Satish escorteert me naar mijn kamer en vertelt onderweg honderduit over Dadi Janki. Volgens hem is het een geweldige eer dat ik haar wellicht ga ontmoeten.

'Weet je,' zegt hij met onverholen admiratie, 'dat wetenschappers haar hersengolven hebben onderzocht en haar beschrijven als *the most stable mind in the world*? Haar hersengolven bleven onverstoorbaar terwijl ze allerlei ingewikkelde oefeningen deed. Of ze nu kookte, at, lezingen gaf, berekeningen maakte, sprak of sliep: ze bleef stabiel.'

'Dat is zeker een eer voor mij, Satish. Ik vrees echter dat het een ontmoeting gaat worden tussen de meest stabiele en de meest instabiele minds ter wereld.'

'Haha, maak je geen zorgen. Dadi is zeer genadevol. Dit is je kamer. Laat me maar weten als je verder nog iets nodig hebt. Over een uur begint er een meditatie en een lezing van Dadi Janki in het auditorium dat je hebt zien liggen toen je aankwam. Ik zie je daar. *Om shanti*.'

Mijn kamer heeft een prachtig uitzicht over de bergen die de ashram omringen. In de verte zie ik een meertje dat in het felle zonlicht als een juweel tussen de groene heuvels schittert. Ik neem een emmerdouche, trek wat schone kleren aan, eet wat fruit en ga dan op weg naar de meditatiehal.

Daar aangekomen, zie ik dat het auditorium afgeladen vol is. Desondanks kun je een speld horen vallen. Honderden in het wit geklede yogi's lijken in een staat van diepe meditatie verzonken. Ik voel me haast een indringer in dit serene gezelschap en aarzel op de drempel. Ik word me niet alleen pijnlijk bewust van mijn chaotisch brein, maar ook van mijn felgekleurde oranje shirt en gescheurde spijkerbroek. Gelukkig is Satish daar om mij te redden.

'Hier broeder, je kunt mijn witte sjaal lenen. Ga daar maar zitten, lekker vooraan zodat je Dadi goed kunt zien. Ze zal er zo wel zijn.'

Na een paar minuten gaan de lichten in de zaal aan en verschijnt Dadi Janki op het podium. Ze lijkt sprekend op ET uit de film van Spielberg. Ze heeft dezelfde grappige waggel wanneer ze loopt en haar hoofd is ook veel te groot voor haar kleine lichaam. Net als ET heeft ze lange vingers die voortdurend bewegen.

Ik hoop dat dit niet respectloos overkomt, want ik beschrijf nu slechts haar uiterlijk. De eerste indruk van Dadi Janki is echter niet zozeer haar uiterlijke vorm, maar haar ongelooflijke uitstraling. Haar ogen zijn diep, donker en intens indringend. Ze lijken alles en iedereen tegelijkertijd in zich op te kunnen nemen. Als ze gaat zitten, neemt ze een paar minuten de tijd om de zaal rond te kijken. Ieder van ons krijgt een persoonlijke blik, die *drishti* wordt genoemd. Haar blik voelt als een laserstraal die door de zaal beweegt. Langzaam maar zeker komt die laserstraal mijn kant op. Ik word nu echt nerveus en ben bang dat ze dwars door mij heen zal kijken.

Wanneer haar ogen de mijne ontmoeten, is er een kort moment van paniek. Ze kijkt inderdaad dwars door me heen, dwars door mijn zorgvuldig opgebouwde imago van de coole popster. Ik voel mij kwetsbaar en naakt. Ik wil wegrennen en zo snel mogelijk terug naar Amsterdam, maar ik kan me niet verroeren. Ik zit gevangen in haar laserstraal.

Wat vervolgens gebeurt, is moeilijk te beschrijven. Het voelt alsof al mijn angsten, zorgen, controlesystemen en afweermechanismen in één keer instorten. Maar in plaats van daar angstig en gestrest van te worden, voel ik me juist euforisch, licht en gelukzalig.

Na een paar minuten begint Dadi Janki te praten: 'Om shanti.'

'Om shanti,' echoot de zaal.

'Om shanti is een groet van vrede. Wanneer we Om shanti zeggen, herinneren wij onszelf eraan wie we werkelijk zijn. Wij zijn vreedzame wezens, wij zijn eeuwige zielen, vonken van licht die in dit fysieke lichaam leven. Meditatie leert ons de kunst van onszelf te ervaren in de meest pure vorm. Je bent niet je lichaam, maar de ziel die in dit lichaam woont. Je kunt de ziel ervaren als een ster van licht in het midden van je voorhoofd.'

Ze valt even stil om deze informatie te laten inzinken. Dan zegt ze zacht, alsof ze persoonlijk in mijn oor fluistert: 'Kun je dit voelen? Kun je voelen dat je dit prachtige lichtwezen vanuit een andere dimensie bent, die naar de Aarde is gekomen om een rol te spelen op het podium van het leven?'

Ik concentreer me op de punt van licht in mijn voorhoofd en ineens voelt het alsof ik uit mijn lichaam schiet en het Heelal in reis. Onder mij zie ik de Aarde kleiner worden. Ik breek door de wolken heen en bevind me plots in een compleet andere werkelijkheid. De zon lijkt hier altijd te schijnen. Het voelt als thuis, een warm bad van rust en vrede.

In de verte hoor ik de stem van Dadi Janki: 'Dit is hoe het

voelt om met de Bron te worden herenigd. Dit is hoe het voelt om thuis te komen na een lange reis door tijd en ruimte.'

Na afloop van de meditatie staat Dadi Janki op uit haar stoel en loopt naar de rand van het podium. Daar blijft ze staan met de handen op de rug. Ze doet me denken aan een generaal die de troepen inspecteert. Weer blijven haar ogen op mij rusten, dit keer voor een behoorlijk lange tijd.

Wanneer ze van het podium loopt, wenkt zij Satish. Hij rent naar haar toe en ze wisselen enkele woorden uit. Dan komt Satish terug en gaat naast me zitten.

'Dadi wil je vanmiddag zien.'

'Wat? Waarom?'

'Dat zei ze niet.'

'Denk je dat ze heeft gezien dat ik de meest onstabiele mind ter wereld heb en mij een reprimande wil geven dat ik bij jullie, gevorderde yogi's ben gaan zitten?'

Satish lacht. 'Nee, natuurlijk niet. Ze ziet er misschien streng uit, maar in feite is ze zeer liefdevol. Maak je geen zorgen. Rust lekker uit, dan haal ik je iets voor drieën op en gaan we samen naar haar kamer.'

Ik kijk op mijn horloge en zie dat ik net genoeg tijd heb om naar het dorp te rennen om witte kleding te kopen, me te scheren en me voor te bereiden op mijn ontmoeting met Dadi Janki.

Wanneer Satish me komt halen, lopen we richting het deel van de ashram waar de yogi's hun residentie hebben. We steken een binnenplaats over met in het midden een altaar met een piramidevormig gedenkteken. Satish vertelt me dat dit een monument is ter ere van Brahma, de oprichter van de organisatie. Aan de andere kant van het plein staan drie huisjes. De middelste is duidelijk van Dadi, aangezien ik mensen in verschillende staten van verrukking uit de deur zie komen.

Op de veranda van de cottage begroet een oudere yogini mij met een warme glimlach. 'Ah, welkom,' zegt ze. 'Jij bent vast die nieuwe broeder uit Holland. Wij noemen jouw land hier Holy-land. Kom binnen.'

Satish geeft mij een bemoedigend duwtje en ik stap het huisje binnen. Dadi zit aan de andere kant van de kamer op een stoel. Ze gebaart me naar haar toe te komen en plaats te nemen op een kussen dat voor haar op de grond ligt. Ze zegt niets, geen enkele begroeting. Ze kijkt me slechts indringend aan.

Na een paar seconden begin ik me erg ongemakkelijk te voelen en besluit de stilte te doorbreken: 'Dank dat u mij wilt ontvangen. Het is een grote eer voor mij. Ik heb veel over u gehoord. Zelfs in Nederland hebben ze het over u en...'

'Om shanti.'

'Oh ja, Om shanti.'

'Weet je wat deze begroeting betekent?'

'Ja, Satish heeft me verteld dat het "ik ben vrede" betekent.'

'Heb je dit ook ervaren?'

'Uh, een beetje.'

'Goed zo. Oefening is de basis voor spirituele groei. Dadi wil dat je de vrede die je hier vindt, meeneemt en naar het Westen brengt, zodat je anderen kunt helpen om hun oorspronkelijke staat te ervaren.'

'Ik zou dat graag doen.'

'Je hebt een goed hart en veel moed, maar je moet meer oefenen. Je kunt een tijdje in de ashram blijven om te leren mediteren. Satish zal jouw leraar zijn.'

'Dank u wel.'

Ze priemt haar ogen weer in mijn ziel en zegt: 'Dadi weet al dat je een missie te vervullen hebt om mensen te helpen hun weg naar huis te vinden. Maar eerst moet *jij* de weg vinden.'

'Hoe doe ik dat?'

'Mediteren leert je om naar de Bron te luisteren, die wij Shiva noemen. Shiva betekent punt van licht. God is al lang bezig om naar je uit te reiken, maar hij krijgt steeds een ingesprektoon. De lijn is voortdurend bezet, omdat je gedachten in de weg zitten.'

'God is al lang bezig mij te bereiken?'

'Ja, hij heeft plannen voor jou. Hij wil dat je de vlam van binnen ontsteekt. Hij wil dat je meer licht creëert.'

'Hoe kan ik dat doen?'

'Vraag dat niet aan mij, maar aan Shiva. Leer hoe je stil kunt zijn, leer om te luisteren. Ga nu. Zoek Satish en vraag hem om jou te leren mediteren en de filosofie van Rāja Yoga uit te leggen.'

Ze pakt wat zoetigheden uit een schaal op het tafeltje naast haar stoel en drukt me die in de hand. Ik bedank haar en dan geeft ze mij een stukje papier. Ik vouw het open en lees: 'Geduld zal je de meester maken over iedere situatie.'

Ze wil dat ik de tekst hardop aan haar voorlees en kijkt me onderwijl streng aan. Dan buigt ze zich naar voren, pakt mijn oorlel en zegt: 'Dadi zal bij Satish informeren of jij je meditaties elke dag doet. Als ze hoort dat je niet dagelijks hebt geoefend, zal ze keihard aan je oor trekken!'

4. DE REIZIGERS

'I have seen UFOs playing tag between the stars many times in the early morning hours.'

Muhammad Ali, drievoudig zwaargewicht bokskampioen van de wereld.

De volgende ochtend word ik om vier uur wakker van het geluid van een Hindi-lied dat uit de luidsprekers van mijn kamer schalt. Het lied wordt door de hele ashram gehoord en dient als een wekker voor de yogi's. Satish vertelde mij over de vroege ochtendmeditaties. Ze worden Amrit Vela genoemd, wat 'nectar van de ochtend' betekent. Volgens Satish is dit de beste tijd om te mediteren.

Als iemand mij die dag had verteld dat ik de volgende tien jaar iedere dag om vier uur zou opstaan voor meditatie, had ik hard gelachen. Maar dat is wat ik deed. Ook al woonde ik in Amsterdam en zag ik Dadi Janki hooguit een of twee keer per jaar, iets in mij was wakker geworden: een diep verlangen *to phone home*, zoals ET dat zei. En natuurlijk wilde ik voorkomen dat Dadi Janki keihard aan mijn oorlel zou trekken.

De meditatiehal is halfvol wanneer ik iets na vieren arriveer. Het is koud en de meeste yogi's zijn in warme dekens gehuld. Ik ben dankbaar voor mijn wollen ondergoed en de sjaal die Satish mij gaf. Ik ga achter in de zaal zitten, sluit mijn ogen en concentreer me op het punt van licht in mijn voorhoofd.

'Ik ben een ziel, een wezen van licht,' zeg ik tegen mezelf. Na een paar minuten voel ik een tintelende sensatie. Het is alsof alle energie zich samenbalt in dit ene punt in mijn voorhoofd. Mijn gedachten lijken nu ver weg, als wolken aan de horizon. Ik bekijk ze van een afstand en merk dat ik glimlach. Ik bevind me in het oog van de orkaan.

Na een tijdje lossen ook de gedachten aan de horizon op en wordt mijn hoofd stil. Op dat moment ervaar ik een krachtige aanwezigheid, als een zon die elke cel van mijn lichaam, hart en ziel verwarmt. Ik voel me opgetild boven de zwaarte van de Aarde en ervaar een rood-gouden gloed, helend en koesterend.

Na vijfenveertig minuten begint een lied te spelen en is de meditatie voorbij. Ik had nog een uur door kunnen gaan. Mijn benen denken daar echter anders over en ik ben blij dat ik ze uit de knoop kan halen. Stijf en ongemakkelijk waggel ik naar de deur en vang daar de eerste stralen zonlicht op die over de bergen schijnen. Vogels tsjirpen om me heen en in de verte zie ik kleine aapjes in de bomen spelen. Wat een idyllisch oord is dit.

Tijdens het ontbijt komt Satish bij me zitten. Hij ziet er stralend uit, maar dat is voor hem waarschijnlijk heel normaal. Hij is een bijzondere yogi, zo hebben anderen mij verteld. Hij mag koken voor de oudere zusters. Dit is een grote eer want de meest krachtige yogi's in ashrams staan meestal in de keuken. Het idee daarachter is dat iedereen hun voedsel eet. Als zij met liefde koken, eet iedereen liefde. Als zij ongelukkig zijn, wordt iedereen ongelukkig.

'Ben je klaar voor je eerste les?'

'Ik kan niet wachten!'

'Goed. Kom na het ontbijt naar het binnenplein en dan gaan we naar een speciale plek waar ik je kan onderwijzen.'

Als ik na het ontbijt op de binnenplaats arriveer, barst het al van het leven. Nieuw gearriveerden - meestal in het wit gekleed - komen van over de hele wereld en wachten met bergen bagage om naar hun kamers of slaapzalen te worden gebracht. Vrachtladingen voedsel worden naar de keukens gedragen, en mensen zijn constant aan het vegen en poetsen, zodat de ashram smetteloos blijft.

Satish begroet me met een brede grijns en leidt me de ashram uit in de richting van het meertje dat ik vanuit mijn kamer kon zien. We wandelen tien minuten langs Nakki Lake en dan stuurt hij me een smal paadje op dat recht de bergen ingaat. Na een halfuur staan we boven op de berg en hebben een prachtig uitzicht over de Aravalli woestijn.

Als we lekker zitten, zegt Satish: 'Kijk, daar in de verte ligt Pakistan. Ik kom hier graag voor meditatie. Het is heel vredig en heeft een bijzondere energie. Wij noemen het Baba's Rock. Laten we een paar minuten in meditatie zitten voordat we beginnen met de eerste les.'

Hij staart in de verte en wordt stil. Hij sluit niet zijn ogen, maar is duidelijk 'verloren in liefde' zoals de yogi's dat noemen. Geen van de yogi's die ik in de ashram heb ontmoet, sluit de ogen tijdens meditatie. Dat is heel praktisch, omdat het je leert tijdens iedere situatie te mediteren. Wanneer Satish klaar is, wendt hij zich tot mij.

'Ik wil je wat vertellen over de achtergrond van Rāja Yoga. Yoga betekent verbinding, en Rāja betekent koning of hoogste. Rāja Yoga leert je om je met het hoogste te verenigen. Het leert je de kunst om in verbinding te staan met de Bron.'

'*The art of phoning home*, dus.'

'Haha, ja ik heb de film van ET ook gezien.'

Hij lacht wat besmuikt en beiden durven we niet te zeggen

wat we denken: dat Dadi Janki een vrouwelijke kopie is van ET. Om het ongemakkelijke moment te verbreken, vraag ik: 'Kun je mij wat meer vertellen over deze Bron en hoe daar vanuit de hele schepping is ontstaan?'

'Dat zijn grote vragen, maar ik kan je daar zeker meer over vertellen. En om het niet al te saai voor je te maken, zal ik dat doen in de vorm van een spannend verhaal.'

'Cool.'

Satish gaat er goed voor zitten, sluit even de ogen en begint dan aan zijn spannende verhaal: 'Er was eens - in een andere dimensie dan de onze - een ras van ruimtewezens. Deze wezens waren zo zuiver dat ze voortdurend in een staat van totale vrede verbleven. Hun wereld zag er heel anders uit dan die van ons. Hun wereld bestond uit puur licht. Deze wezens, die Sha Ligra'ams werden genoemd, leefden in een oceaan van rood-goud licht. Ze zagen eruit als micro-sterren. In het midden van deze oceaan van vrede bevond zich het meest fantastische wezen van allemaal. De naam van dit wezen was Shi Vah.

Op een dag vond een van de Sha Ligra'ams dat dit vredige tehuis niet langer opwindend genoeg was. Hij voelde een gebrek aan verandering, groei, vreugde, spel. Shi Vah ving de gedachten van de Sha Ligra'am op en vroeg: "Lief kind, waar wil je dan heen gaan?"

"Dat weet het niet," communiceerde de Sha Ligra'am telepatisch. "Is er niet een plek die hieraan voldoet, een nieuw soort wereld die we kunnen ontdekken?"

Shi Vah dacht een moment na, al wetend wat er zou gebeuren. In die ene fractie van een seconde zag hij de uiterste grenzen van de eeuwigheid en het spel dat zich weldra zou ontvouwen.

Toen zei hij: "Ja, zo'n plek is er. De verlangens die jij koestert, kunnen worden vervuld op een planeet van grote schoonheid. Je kunt daar alle geluk ervaren die je hier mist. Ga maar mijn kind, en neem voldoende Sha Ligra'ams mee om een kolonie te vestigen."

De Sha Ligra'am werd al gelukkig bij het idee en vroeg wie er met hem mee wilde naar de planeet om geluk te ervaren. En zo ontstond de eerste groep van negenhonderdduizend Reizigers.

Vlak voordat ze de reis aanvingen, zei Shi Vah: "Jullie zullen ruimtepakken nodig hebben voor de plek waar jullie heen gaan, maar ik zal jullie met alles helpen. Ga nu en ervaar jullie geluk. En als er iets fout gaat, bel me dan."

De Sha Ligra'ams waren nu klaar voor de grote sprong in het onbekende. De Reiziger die de reis in gang had gezet met zijn verzoek - die Kri Sha Nah heette - dook het eerst.' Satish kijkt me met een schuine blik aan en zegt: 'Je moet weten dat de Sha Ligra'ams zo geavanceerd waren dat zij geen fysiek ruimteschip nodig hadden. Zij waren in staat door middel van gedachtekracht te reizen.'

Dan zegt hij zacht: 'Deze sprong was het begin van een lange odyssee vol prachtige en ook wrede avonturen. Het zou heel lang duren eer de Reizigers weer zouden terugkeren naar hun geliefde huis van vrede.

Toen de Sha Ligra'ams sprongen, zweefden zij in formatie door een dimensie van wit licht. Dit was de betoverende plek die zij vanuit hun huis vaak hadden gezien. Deze dimensie diende als portaal tussen de verschillende dimensies. Ze reisden verder en kwamen na een tijdje met een schok in de verdichte dimensie van tijd en ruimte. Het voelde zwaar en onwennig, maar Kri Sha Nah vloog dapper door.

Niet lang daarna zagen zij voor het eerst hun nieuwe thuisplaneet, een prachtige bol die heel erg op die van ons lijkt, behalve dat deze planeet nog in een maagdelijke staat verkeerde. De Reizigers zagen beneden hen zeeën van diepblauw water, weelderige groene bossen en hoog besneeuwde bergtoppen. De planeet bestond uit maar één continent, omringd door oceanen en als gevolg van de hoek van de as van de planeet was het er altijd lente.

Toen de Sha Ligra'ams wilden landen, realiseerden zij zich dat er nog wel een probleem was dat ze moesten oplossen. Shi Vah had hen verteld dat zij, wanneer ze binnen de planetaire begrenzingen kwamen, ruimtepakken nodig hadden. Wat te doen?'

Satish houdt wel van een beetje suspense en besluit dat dit het moment is om mij een koekje aan te bieden, van hetzelfde soort als die Dadi Janki presenteerde. 'Dit heet toli,' zegt hij eerbiedig. 'Het is met liefde bereid en aangeboden aan Shiva. Het geeft je kracht wanneer je het eet.'

We knabbelen in stilte aan onze koekjes en als Satish zijn mond leeg heeft, gaat hij door met zijn verhaal: 'De leider van de expeditie ging het eerst naar beneden. Zelfs voordat hij de met lucht gevulde atmosfeer was binnengegaan, voelde hij een aantrekking, een vertrouwde mentale uitnodiging die hij zo vaak had ervaren van zijn mede-Sha Ligra'ams in de wereld van licht. Hij volgde de gedachtelijn en daar op het oppervlak van de planeet zag hij twee Sha Ligra'ams die omhoogkeken en zwaaiden. Zij droegen ruimtepakken en hadden er ook een voor hem.

De leider trok het pak aan en begon ermee te experimenteren. Het was robotachtig, maar voelde haast levend. Het had de vorm van een lichaam, heel vergelijkbaar met dat van ons, behalve dat het was gemaakt van de puurste elementen en geen slecht functionerende eigenschappen had.

Weldra zat Kri Sha Nah comfortabel in de controlekamer in het voorhoofd van het ruimtepak. Ook alle andere Reizigers die nu naar beneden kwamen, werden voorzien van deze mooie voertuigen. De twee Sha Ligra'ams die vooruit waren gereisd om hen van de pakken te voorzien, vertelden hen dat ze de kostuums niet konden uitdoen zolang ze binnen de atmosfeer van de Aarde waren. Maar aangezien deze pakken zo fascinerend en comfortabel waren, hoorde je niemand klagen.

Sterker nog: het bezit van deze materiële ruimtevaartuigen leek het beste deel van hun expeditie te worden. De lichamen maakten het hen mogelijk om het leven te ervaren op een manier die zij nooit eerder hadden gekend. Zij hadden werkelijk bereikt wat zij wilden vinden: geluk.

Het geluk van de Reizigers duurde vele duizenden jaren. Het was zo fijn op Aarde dat Sha Ligra'ams in de wereld van licht steeds vaker uitnodigende gedachtegolven ontvingen van hun broeders in het koninkrijk. De een na de ander kwam naar beneden om zich bij hen te voegen. De bevolking groeide gestaag van de oorspronkelijke negenhonderdduizend naar driehonderddertig miljoen.

Nu moesten de paleizen wat minder chic worden gebouwd en werd er zilver gebruikt, in plaats van goud. Uiteindelijk ontstonden er veel kleine koninkrijken, in plaats van een grote, maar zij bleven in vrede verenigd onder de wijze leiding van hun vorst.

De ruimtepakken waren inmiddels zo gewoon geworden, dat niemand er nog speciaal aandacht aan schonk. Ze waren zich nog steeds bewust van het feit dat ze Sha Ligra'ams waren, ook al konden zij elkaar niet meer zien in hun pure vorm van licht.

Op een dag vond er een gebeurtenis plaats die het koninkrijk op haar grondvesten deed trillen. Vi Karum, die in die tijd een van de regeerders was, riep een van zijn broeders bij zich en zei: 'Dat is een heel mooi voertuig waar jij in rijdt. Ik zou het willen aanraken.'

De broeder lachte en zei: 'Hoe kun je het nou aanraken?

Wil je uit je eigen voertuig komen om dat te doen?'

'Nee, natuurlijk niet,' zei Vi Karum, 'ik wil het aanraken met mijn voertuig.'

De broeder lachte gegeneerd en deed er het zwijgen toe. Maar naarmate de tijd verstreek, raakte Vi Karum steeds meer geobsedeerd door het voertuig van de ander. Hij adoreerde de stijl, de contouren, de kracht en souplesse van de beweging, de kleur en alle ornamenten.

De aanbeden broeder werd steeds minder blij, omdat hij merkte dat Vi Karum *hem* niet meer zag, maar compleet was gefocust op zijn voertuig. Vi Karum wilde alleen nog maar praten over voertuigen. Hij wilde zien hoe ze werkten, hoe warm ze waren, hoe hard of hoe zacht...

Vi Karum was de eerste, maar weldra gingen steeds meer Sha Ligra'ams zich vooral bezighouden met hun ruimtepakken. Spoedig werd dat het leukste spel om met elkaars voertuigen te spelen, vanwege het genot dat door de computer werd geregistreerd. Zij leerden zelfs hoe ze de voertuigen op de automatische piloot konden zetten, terwijl ze vanbinnen een dutje deden.

En toen - op een kwade dag - gebeurde er iets vreemds: een voertuig dat op de automatische piloot stond, ging in gesprek met een ander voertuig dat ook op autopilot stond; zonder dat de Sha Ligra'ams vanbinnen daartoe opdracht hadden gegeven of er erg in hadden. Dit vreemde gedrag werd steeds vaker gezien en binnen een mum van tijd hadden de computers de macht overgenomen van de Sha Ligra'ams die - gevangen in hun lichamen - hulpeloos toekeken.

De brein-computers hadden maar één doel: de opwindende sensaties die zij hadden geleerd steeds vaker te ervaren. Ze maakten het contact met andere lichamen tot hun hoogste prioriteit. De Reizigers waren te verward en te verzwakt door de massale overname om te reageren. Als ze probeerden om hun autoriteit terug te winnen, deden ze dat met de eigenschappen van een wanhopige: hebzucht, boosheid, jaloezie, machtswellust. Als gevolg van deze gebeurtenissen ontstonden steeds meer conflicten. De broederschap werd gebroken en het koninkrijk versplinterde.'

Satish valt stil. Ik kijk naar hem en voor het eerst ziet hij er niet blij uit. Hij lijkt oprecht ontdaan over deze ongelukkige wending in de levens van de Sha Ligra'ams. Hij staart richting Pakistan. Dan vervolgt hij behoedzaam zijn relaas: 'De explosie van negatieve, destructieve krachten die de macht grepen, was zo verpletterend dat de Aarde sterk reageerde en de landmassa onder hen begon te schuiven. Een enorme zondvloed was het gevolg en uiteindelijk brak het continent uiteen in zeven stukken.

In angst en paniek dachten de Sha Ligra'ams opeens weer aan hun lang vergeten Vader die ver weg in een andere dimensie leefde, de onsterfelijke, machtige, beschermende Shi Vah. Zij begonnen Hem aan te roepen en te smeken om verlossing.

Shi Vah hoorde hun gebeden en stuurde boodschappers.

'Willen jullie naar huis komen?' vroegen de boodschappers.

'Nou eh, in feite vinden we het hier heel fijn,' antwoordden de Reizigers, 'maar neem alstublieft ons lijden weg, want dat is wat wij niet fijn vinden.'

Ondertussen was het steeds drukker geworden op de planeet. Steeds meer Sha Ligra'ams kwamen uit de wereld van licht naar beneden. Veel van de nieuw gearriveerden waren behoorlijk populair, omdat zij nog steeds krachten bezaten die degenen die al langer op de planeet waren voor een groot deel hadden opgebruikt.

Het leven op de planeet was niet wat de meeste nieuwkomers zich ervan hadden voorgesteld of gehoopt. Alle geavanceerde wetenschap en technologie was vernietigd in de ramp. De meeste inwoners waren nu arm en het leven was een gevecht tegen de natuur geworden, die zich tegen de arme Sha Ligra'ams leek te hebben gekeerd. Het was niet meer altijd lente, maar droge, hete periodes werden afgewisseld met natte, koude fases. In plaats van één verenigd koninkrijk waren er nu vele geïsoleerde groepen en culturen, waarvan de meesten het bestaan van de anderen waren vergeten.

Op een dag kwam er een zeer krachtige Sha Ligra'am naar beneden met een boodschap van Shi Vah over liefde en uitleg over hoe je met elkaar en de planeet dient om te gaan. Veel Sha Ligra'ams waren het met hem eens, maar evenzoveel waren het oneens en zo ontstonden alleen maar meer conflicten.

Ondertussen begonnen de wildste ideeën de ronde te doen over wie Shi Vah nu precies was. Hij kreeg vele namen en werd op veel verschillende manieren vereerd. De meeste Sha Ligra'ams waren er zeker van dat Hij alles kon horen en zien, en begonnen zelfs bang voor Hem te worden.

In hun angst en verwarring begonnen zij standbeelden te maken voor Shi Vah in de hoop Hem gelukkig te stemmen. Ook werden beelden gemaakt van de eerste kolonisten die zij nu ook als Goden waren gaan zien. Zij geloofden zelfs dat deze eerste Reizigers tot een superieur en machtiger ras behoorden dan zij, en dat deze wezens hen vanuit hogere regionen bijstonden en - hopelijk - op enig moment zouden terugkeren om hen te redden.

Maar zij kwamen niet en de Sha Ligra'ams waren aan hun eigen lot overgeleverd. De meeste van hen waren nu zo ver van huis dat ze zich niet eens meer konden herinneren waar ze ooit vandaan kwamen en geen idee hadden waarom ze hier waren. De planeet was steeds duisterder geworden en de macht van de computers had hen nu vrijwel geheel in de greep.

Toen de situatie zo ernstig was geworden, dat het erop leek dat de Sha Ligra'ams afstevenden op de totale verwoesting van hun planeet en alle hoop verloren leek, wist Shi Vah dat zijn kinderen er eindelijk klaar voor waren om weer naar huis te komen. Hij bezocht ze in hun dromen en herinnerde hen eraan wie zij werkelijk zijn en aan hun verloren paradijs. Hij liet ze zien dat de tijd was gekomen om hun kostuums uit te trekken en naar huis te gaan.

Maar net toen de lichtwezens zichzelf weer begonnen te herkennen en zich hun thuis voorbij de sterren herinnerden, had het kwaad een climax bereikt en brak een wereldwijde oorlog uit. Er vielen bommen op de overbevolkte steden en hele kolonies eindigden in rook en as. Overstromingen, aardbevingen en andere natuurrampen deden de rest.'

Satish valt nu lange tijd stil. Ook ik ben stil en enigszins ontdaan door zijn verhaal. Ik had op een happy end gehoopt. Dit klinkt meer als een nachtmerrie en het is me natuurlijk niet ontgaan dat het verhaal van de Sha Ligra'ams verdacht veel lijkt op dat van ons mensen.

Maar ineens breekt er een lach door op het gezicht van Satish. Voor hem is dit blijkbaar het eind-goed-al-goed-moment waarop hij heeft gewacht. Met een diepe zucht van verlichting beëindigt hij zijn verhaal: 'Eindelijk waren de Sha Ligra'ams bevrijd van hun lichaamsgevangenissen en vlogen in formatie naar huis. Daar leefden zij nog lang en gelukkig, totdat op een dag een van de Sha Ligra'ams vond dat de vredige wereld waarin zij leefden niet langer opwindend genoeg was. Hij had behoefte aan verandering, groei, vreugde, spel.

Shi Vah hoorde de gedachten van de Sha Ligra'am en vroeg: "Lief kind, waar wil je heen gaan?"

"Is er niet een plek die hieraan voldoet, een nieuwe wereld die we kunnen ontdekken?"

Shi Vah dacht een moment na, al wetend wat er stond te gebeuren. En in die ene fractie van een seconde zag hij de uiterste grenzen van de eeuwigheid en het spel dat zich zou ontvouwen. Toen zei hij: "Ja, zo'n plek is er."'

5. MOUNT RAINIER

'To my mathematical brain, the numbers alone make thinking about aliens perfectly rational. The real challenge is to work out what aliens might actually be like.'

Stephen Hawking, theoretisch natuurkundige.

Terug in Nederland hou ik een yogi-discipline aan. Ik sta 's ochtends vroeg op voor meditatie en ga regelmatig naar Rāja Yoga centra voor inspiratie. Het wordt steeds makkelijker om rust te krijgen in mijn hoofd en mij te verbinden met de Bron waar Dadi Janki over vertelde.

Mijn leven verandert. Ik ben minder geïnteresseerd in ruige muziek, met de band op tournee gaan, nachtelijke feestjes en ook mijn schoenenfetisjisme lijkt uit te doven. Mijn vrienden zien dat ik verander. Sommigen maken zich zorgen en vragen zich af of ik ben gehersenspoeld: waarom drink je ineens geen bier meer? Waarom ben je toch zo serieus? Waarom eet je geen vlees?

Maar na een tijdje zien ze dat dit nieuwe leven mij goed doet en geven ze me de ruimte om dieper in mijzelf te duiken. Ik maak ondertussen nieuwe vrienden en na een tijdje begin ik mensen bij mij thuis uit te nodigen om samen te mediteren, meestal op zondagavonden.

Deze avonden worden na verloop van tijd zo populair dat mijn huiskamer te klein wordt. Anderen beginnen hun deuren open te stellen voor vrienden en buren en na enkele jaren openen mensen door het hele land hun huizen voor een uur gedeelde stilte.

In deze periode organiseer ik ook meditatie flash mobs op het Museumplein in Amsterdam. Er komen honderden mensen op af, zelfs midden in de winter. Met kerst zitten zevenhonderd mensen een uur in stilte terwijl de sneeuwvlokken neerdwarrelen. Er wordt zelfs een documentaire over gemaakt die op nationale televisie wordt uitgezonden.

Tijdens deze stille yogi-jaren zag ik Time Bender niet één keer, zelfs niet op een reclamebord. En toen ineens, tien jaar nadat ik hem voor het eerst ontmoette, dook hij weer op. Het was nabij Seattle aan de westkust van de Verenigde Staten. Ik was daar een paar weken om vrienden op te zoeken uit de tijd dat ik daar woonde.

Na een paar dagen met mijn oude makkers in de stad te hebben rondgehangen, kreeg ik zin om de natuur in te gaan en reed naar een van mijn favoriete plekken op Aarde: Mount Rainier National Park. Mount Rainier is de majestueuze vulkaan die de skyline van Seattle domineert - tenminste als het niet regent. De berg is magisch. Ik heb er vaak met mijn ouders gewandeld en herinner me de donkere sparrenbossen, de overvloed aan wilde bloemen, de diepblauwe meren en de besneeuwde bergtop.

Rond elf uur in de ochtend arriveer ik bij het park, parkeer mijn geleende auto en begin aan mijn wandeling naar een meer dat Mowich Lake heet. Na een paar uur stevig te hebben doorgelopen, kijk ik op de kaart en zie dat het meer net over de volgende bergtop in de verte moet liggen. Het pad op de kaart gaat echter niet rechtstreeks omhoog, maar maakt een lange omweg. Ik kijk naar de berg die voor me ligt en vraag me af of ik die kan beklimmen, zodat ik rechtstreeks kan gaan. Er is geen pad, maar het lijkt makkelijk genoeg.

Ik besluit het erop te wagen en begin de helling op te lopen. Wanneer ik een halfuur later een steile berghelling bereik, zie ik dat omhoogkomen serieuze klettervaardigheden vergt. Concentreer je gewoon, adem rustig door en kijk vooral niet naar beneden, vertel ik mijzelf.

De eerste stappen zijn makkelijk en ik vorder gestaag. De volgende stappen worden een stuk moeilijker. Er is minder houvast en de afstanden die ik moet overbruggen worden steeds groter. Ik overweeg om te keren, maar kijk omhoog en zie dat ik nog maar vier of vijf meter te gaan heb. Concentreer je, adem en kijk niet naar beneden.

Ik neem een volgende voorzichtige stap, maar dit brengt me op een hele smalle richel waarvandaan ik nergens meer heen kan. Er is niets om me aan vast te pakken of om op te gaan staan. Ik zit vast. Ik kijk naar het ravijn onder me en mijn hoofd begint te tollen. Ik dwing mezelf om diep adem te halen. Ik kalmeer wat en overweeg mijn opties. Aangezien ik onmogelijk verder kan, zal ik wel naar beneden moeten. Ik ontdek echter dat naar beneden gaan moeilijker is dan naar boven. Ik kan niet zien waar ik mijn voeten plaats en moet iedere stap op de tast nemen. Ik begin nu behoorlijk te zweten en mijn handen en voeten trillen door de spanning van het mij krampachtig vastklampen aan de smalle richel. Het volgende moment val ik achterover en wordt alles zwart…

Wanneer ik mijn ogen open, ben ik in een houten hut. Er brandt een vuur en een bekend gezicht kijkt op me neer. Het is Time Bender. Het is vele jaren geleden dat ik hem voor het laatst heb gezien, maar hij is geen spat veranderd.

‘Hallo mijn vriend, hoe voel je je?’

‘Timer Bender, wat is er gebeurd? Ben ik dood?’

'Haha, nee je bent niet dood. Ik vond je aan de voet van een berg en nam je mee naar huis.'

'Is dit uw huis?'

'De Aarde is mijn huis. Thee?'

'Graag.'

'Chocola?'

'Wow.'

Hij opent een gouden trommel die op tafel staat. De chocolaatjes zijn bedrukt met vreemde symbolen. Ze zien er een beetje uit als Egyptische hiërogliefen.

'Dit zijn speciale pastilles. Kies er een met een symbool dat je aanspreekt. Het zal je helpen om van je val te bekomen.'

Ik neem er een met het symbool van de zon, stop het in mijn mond en voel een warme stroom langs mijn ruggengraat. Mijn rug recht zich en ik voel mijn oren open ploppen. Ik adem een paar keer diep en mijn hoofdpijn wordt direct minder.

'Wow, dit is fantastisch spul.'

'Ja, het is alchemie. Het is het minste dat ik je kon presenteren om je te bedanken.'

'Te bedanken? Waarvoor?'

'Voor het creëren van cirkels van licht.'

'O, daarvoor. Graag gedaan.'

'Gaia vroeg mij om jou haar diepste waardering over te brengen. Zij vroeg mij ook om je te vertellen dat zij je erg sexy vindt.'

'Zei ze dat echt?'

'O, ik weet dat mensen haar zien als de Grote Moeder, de Planetaire Godin en nog meer van dat soort gezwollen titels, maar laat me je vertellen mijn vriend, dat zij verdomd sexy is. In ieder geval verreweg de meest sexy planeet die ik ooit ben tegengekomen.'

Terwijl ik geniet van de thee en nog wat meer genezende chocolaatjes eet, bekijkt Time Bender me met een waarderende glimlach. Hij is duidelijk blij met zijn student, maar is er niet de man naar om zijn leerling op de lauweren te laten rusten. Hij gooit een blok hout op het vuur en buigt dan lichtjes in mijn richting. 'Nogmaals dank en gefeliciteerd. Je hebt het goed gedaan in het departement van licht. Je hebt geleerd om voorbij het duister van de planeet te reizen en je hebt manieren gevonden om anderen te helpen hetzelfde te doen. Laten we het nu over je volgende opdracht hebben.'

'Mijn volgende opdracht?'

'Dacht je dat je al klaar was? Je hebt tot nu toe vooral het Licht betreden. Nu wordt het tijd het Duister te ontdekken.'

'Ik weet niet of ik daar al aan toe ben. Ik heb nog steeds een beetje hoofdpijn.'

Hij kijkt me spottend aan en geeft me een nieuwe pastille.

'Ik kan me voorstellen dat je ertegen opziet, maar er valt veel te leren in de schaduw. Zolang je in deze duale werkelijkheid verkeert, zul je met beide zijden van het spectrum om moeten leren gaan. Sta mij toe je wat meer te vertellen over de duistere krachten van het leven. Als ik straks klaar ben met mijn verhaal, vertel ik je over je nieuwe opdracht en kun je beslissen of je die wilt aanvaarden. Oké?'

'Oké.'

'Jouw yogi-vrienden in India hebben je geleerd over hoe spirits naar beneden komen vanuit de hogere dimensies en steeds dieper incarneren in de verdichte realiteit van het leven op Aarde. Eenmaal binnen de tijdruimtematrix vergeten de Reizigers langzaam hun oorspronkelijke natuur, hun thuis en hun schepper. Wanneer zij het einde bereiken van de Grote Cyclus van tijd worden zij weer aan hun oorsprong herinnerd.'

'Ja, dat is het verhaal dat Satish mij vertelde in een notendop.'

'Mooi. Dat is de grote lijn. Nu ga ik dit incarnatieproces in meer detail uitleggen, omdat er veel meer gaande is dan jij je realiseert. Momenteel bevind je je op een relatief kleine planeet in een relatief klein zonnestelsel binnen een relatief kleine melkweg. Maar toch bevat deze melkweg miljarden zonnestelsels en zijn er miljarden melkwegstelsels in het Universum - allemaal barstensvol levensvormen. Veel van deze levensvormen hebben invloed gehad op jullie ontwikkeling en vanavond wil ik een paar van deze wezens aan je introduceren.'

'Spannend!'

'Om je een beknopt overzicht te geven van de beschavingen die sleutelrollen hebben gespeeld bij de ontwikkeling van de Aarde: 900.000 jaar geleden ontwikkelde een op waterstof gebaseerde levensvorm, de Ceecar of Alpha-Draconiaanse Reptilianen, de eerste biosfeer op Aarde, Eden genaamd. Dit was op het Noord-Amerikaanse continent, waar nu de New Mexico-Arizonagrens ligt. Deze buitenaardsen introduceerden het eerste dieren- en plantenleven op de planeet, wat hielp om de onbarmhartige atmosfeer te transformeren naar een zuurstof- en koolstofdioxide-rijke omgeving.

'Waren deze Ceecar reptielen?'

'Ja, maar laat je daardoor niet misleiden. De Ceecar is een zeer hoogontwikkeld ras. Zij kwamen via interstellair reizen als eersten zo'n vier miljoen jaar geleden in deze melkweg. Omdat zij de eersten waren, vinden zij dat ze de rechtmatige heersers over de Aarde zijn. Hun manier van regeren is hier ingeburgerd geraakt: een monarchie met adel, burgers en boeren, gebaseerd op handel, religie en politiek, zoals je ook nu nog overal op Aarde ziet.'

Time Bender loopt naar de keuken om hete thee te halen en gooit nog een blok in de haard. Wanneer het vuur flink oplaait, gaat hij zitten en vervolgt: 'Terwijl de Ceecar de planeet domineerden, kwamen er ook andere kolonisten. Reizigers van het Orion sterrenstelsel arriveerden rond 763.132 v.Chr. en vestigden een biosfeer in China. De Vegans kwamen rond 701.655 v.Chr. aan in het grensgebied tussen Libië en Nigeria. In 604.003 v.Chr. kwamen de Cassiopeans, een insectenras, die zich vestigden in Algerije, Noord-Afrika. In 585.133 v.Chr. vestigden de Niburu zich in Cairo en brachten de Maan mee als satelliet.'

'Is de Maan een satelliet?'

'Inderdaad, maar ik ga nu niet in op details. Ik schets slechts de grote lijnen voor je. In 870.300 v.Chr. stuurde Orion een team naar Perth, Australië. Toen kwamen de Lyrans terug in Baskenland in het zuiden van Europa. In 73.414 v.Chr. kwamen de Orions naar Mt. Neblina, Brazilië en rond 79.743 v.Chr. arriveerden de Pleiadiërs op Aarde.'

'Mijn hemel, deze dingen leer je echt niet op school!'

'Nee dat is waar, en daar is een reden voor. Later meer daarover. Rond 71.933 v.Chr. gebeurde er iets interessants. Lemurië werd opgericht als een gezamenlijke kolonie in de Stille Oceaan. Het bestond uit inwoners van het Lyra sterrenstelsel, Sirius A, de Pleiaden, Ursa Minor en Nibiru. Later, rond 57.600 v.Chr., werd Atlantis gesticht.'

'Wat is er met Lemurië en Atlantis gebeurd?'

'Beide werden door oorlog vernietigd. In 31.017 v.Chr. viel Lemurië en in 27.603 v.Chr. verdween Atlantis onder de golven van de Atlantische Oceaan. In 27.000 v.Chr. werd de Soemerische cultuur door de Anunnaki gevestigd, waarbij zij de heerschappij over de Aarde overnamen van hun overheersers: de Ceecar. Rond deze periode begint de geschreven geschiedenis die jullie op school leren.'

Hij staat op en gebaart me hem te volgen. Hij geeft me een dikke sjaal, opent de deur en samen lopen we de koele nacht in. De maan is zo helder dat ik de bloemen op de uitlopers van de berg kan zien. De hellingen van Mount Rainier lijken doorschijnend, verlicht door miljoenen sterren en planeten boven ons.

Ik kijk omhoog en realiseer me dat ik niet naar dode rotsen kijk, maar naar complete beschavingen. Even voel ik een steek in mijn hart van heimwee. Ik verlang er ineens intens naar om weer tussen de sterren te leven, samen met mijn zielenbroeders en zusters op andere planeten.

Time Bender verwoordt mijn melancholie: 'Soms welt er een bitterzoete emotie op wanneer we in de eindeloosheid van de sterrennacht kijken. Dat is omdat we ons dan herinneren dat ook wij deel uitmaken van die sterrenwereld. Je bent tijdelijk vergeten dat je multidimensionaal bent, maar je leefde - en leeft nog steeds - tussen de sterren, mijn vriend.'

Hij kijkt omhoog en opent zijn armen, alsof hij het hele Universum in zijn omhelzing wil sluiten. Dan zegt hij: 'Je kunt de geschiedenis van de mensheid en die van de Aarde niet bevatten, totdat je je bewust wordt van het aandeel dat buitenaardsen daarin hebben gehad. Samen met de mensheid hebben zij de geschiedenis van deze planeet geschreven. Jullie, op Aarde, werken een Kosmisch drama uit waarvan jullie het oorspronkelijke script zijn vergeten.'

Hij wijst naar een sterrenconstellatie. 'Zie je dat cluster daar? Dat is waar het allemaal begon. Het is de Lyra constellatie. Dat is waar de eerste beschavingen werden gezaaid.'

'Hoe wordt een beschaving gezaaid? Maken ze dan zielen?'

'Nee, zielen zijn oneindig. Ze ontwierpen voertuigen - lichamen - net zoals jullie auto's maken om in te rijden. Wanneer de prototypen eenmaal tot volle tevredenheid waren getest, lieten ze er zielen in incarneren zodat ze binnen de planetaire sfeer konden leven.'

'Wie creëerden deze lichamen?'

'Zij worden de Game Makers genoemd. Zij zijn degenen die dit spel ontwierpen en de spelregels voor het script schreven. De Game Makers noemden deze plek het Universum der Vergetelheid: een plaats waar wezens zich afgescheiden zouden voelen van de Bron en zelf hun weg terug naar huis moesten zien te vinden. Zij schiepen een Universum gebaseerd op dualiteit. Dit spel gaat over de kunst van het integreren van Licht en Duister, zodat wij de Schepper in alle aspecten kunnen ervaren.'

We lopen naar binnen en nestelen ons weer bij het haardvuur. Dan vervolgt Time Bender zijn uitleg over de spelregels van dit Universum der Vergetelheid die de Game Makers destijds ontwierpen.

'Het moest een Universum van Vrije Wil worden, waarbij elke ziel volledig verantwoordelijk zou zijn voor zijn eigen acties. Zelfbewustzijn en Zelfbeschikking waren de belangrijkste lessen die geleerd moesten worden. Vrije Wil impliceert een keuze en de keuze die de Game Makers in het Spel werkten, was ingenieus. Het was niet eenvoudigweg de keuze tussen goed of slecht, juist of fout, licht of donker, goddelijk of duivels. Het was de keuze tussen Dienstbaar aan Jezelf of Dienstbaar aan Anderen.'

Hij glimlacht triomfantelijk, duidelijk onder de indruk van hoe ingenieus het Spel in elkaar steekt: 'O, ik hou toch zo van het vernuft van de Universele Dromer. Toen de Game Makers de regels van het Spel hadden vastgelegd, creëerden zij de verschillende dimensies, of dichtheden. De eerste rassen werden gezaaid op planeten in het Lyra sterrenstelsel. De Lyrans - een overwegend blank menselijk ras - moesten hun rol spelen vanuit een Dienstbaar aan Anderen perspectief. De Vegans - voornamelijk donkere menselijke en reptiliaanse rassen - focusten zich op Dienstbaar aan Jezelf. En zo begon het Spel. Nog een chocolaatje?'

Ik pak er een met het symbool van een zespuntige ster. Deze smaakt totaal anders dan de anderen die ik tot dusver proefde. Hij is heel bitter, maar bekrachtigend. Time Bender kijkt geamuseerd terwijl ik een vies gezicht trek en neemt er zelf ook een. Hij sluit zijn ogen om van de sensatie te genieten en gaat dan weer verder met zijn verhaal.

'Wat de Game Makers hadden verwacht, gebeurde. De rassen die waren gefocust op Dienstbaar aan Jezelf werden steeds agressiever en bezitterig. De Dienstbaar aan Anderen beschavingen werden hun slachtoffers en begonnen hen de schuld te geven voor hun onderdrukking. De polariteit begon te groeien en de eerste grote conflicten vonden plaats. Uiteindelijk kwamen twee grote facties tevoorschijn uit dit polariteit-integratiespel. Deze facties, die ieder een andere kant van het spectrum representeerden, zijn het sedertdien met elkaar aan het uitvechten in dit Universum.'

'Vechten zij nog steeds met elkaar?'

'Hun conflicten golven door alle lagen van het bestaan heen. De oorlogen die jullie op Aarde uitknokken, zijn een direct gevolg en een directe reflectie van de oorlogen in de Ruimte.'

Hij checkt of ik nog wakker ben en stelt een vraag om me bij de les te houden: 'Wie zijn naar jouw mening de goodguys en wie zijn de badguys in dit scenario?'

'Mijn eerste reactie is dat de Dienstbaar aan Anderen-rassen de cowboys met de witte hoeden zijn. Ze zijn niet slechts gericht op hun eigen gewin, maar meer afgestemd op het grote geheel, lijkt me.'

'Ja, dat lijkt logisch nietwaar? Maar de realiteit is dat het onderscheid tussen de goeden en de slechten niet zo makkelijk te maken is. Het ligt veel subtieler. Wat er namelijk gebeurde, is dat de Dienstbaar aan Anderen-facties tiranniek en imperialistisch werden. Zij waren voortdurend bezig om anderen te "redden" en hun "juiste manier" op te leggen aan de andere facties die in hun ogen "verkeerd" bezig waren. Ook al dachten ze dat zij het goede deden, ze schonden hiermee de basisregels van het Spel van Leven: Vrije Wil en Zelfbeschikking.'

Maar het wordt nog complexer: 'Met het verstrijken van de tijd vermengden de verschillende facties zich met elkaar en werd het nog minder duidelijk wie de goodguys waren en wie de badguys. Net zoals op de Aarde, zijn er binnen iedere beschaving individuen die oprecht liefdevol en vriendelijk zijn, en individuen die egocentrisch en kil zijn. Maar de meeste wezens bestaan uit een mengvorm en hun houding kan van dag tot dag veranderen, omdat dit Spel een grote leerschool is.'

Naarmate de polarisatie toenam en de conflicten steeds erger werden, begonnen de sterrenrassen in te zien dat ze een manier moesten vinden om de polariteiten te integreren, in plaats van steeds meer extremen te creëren. Time Bender: 'En dus werd een experiment bedacht. Zij bezaaiden een planeet met verschillende rassen van beide polariteiten en hoopten dat deze wezens - onder hun leiding - door een ascentieproces zouden gaan waarin zij zouden leren om elkaars verschillen te respecteren en het conflict voor eens en voor altijd op te lossen.'

'Werkte het?'

'Nee, het resultaat was desastreus. De planeet die zij hadden gezaaid, de Apex planeet, werd in een nucleaire oorlog vernietigd.'

'Oeps.'

'Ja, oeps. Jullie Aarde is het derde grote experiment om een planeet te zaaien om zo de polariteiten op te lossen. Hopelijk zal dit het laatste experiment zijn. Jullie werken een Kosmisch dilemma uit dat eonen geleden begon. Jullie zijn oeroude conflicten aan het oplossen door deze thema's in jullie huidige tijd tot leven te brengen. Als jullie dit begrijpen, en leren van eerdere fouten, dan zal het Spel van Leven evolueren naar een hoger niveau. Als jullie in staat zijn om de puzzel op te lossen, zullen jullie je voorvaderen helpen om zich verder te ontwikkelen en weer een gerespecteerd deel te worden van het Grote Geheel. Begrijp je nu waarom het hele Universum met spanning naar jullie kijkt? Jullie zijn degenen die de integratie kunnen bewerkstelligen. Jullie zijn degenen op wie wij allemaal hebben gewacht.'

'Wow, er wordt dus heel wat van ons verwacht. Ik geloof niet dat er veel mensen op Aarde zijn die doorhebben dat wij het derde grote experiment zijn om de polariteiten op te lossen.'

'Dat klopt, en daarom is het ook van belang dat je deze informatie naar buiten brengt.'

'Eerlijk gezegd begrijp ik er zelf ook niet veel van.'

'Geduld jonge vriend, we zijn nog maar net begonnen. Laat me je nog wat meer vertellen over het experiment van de Aarde. Het waren de Lyrans die als eerste kwamen met het idee om een planeet te bevolken met wezens die niet - zoals zijzelf - gepolariseerd waren en onwetend dienden te blijven van hun Galactische achtergrond en alle conflicten tussen de sterrenrassen. Deze wezens moesten dus onschuldig blijven, zoals kinderen. Deze episode wordt in jullie Bijbel beschreven als de Tuin van Eden. De Lyrans werden in dat experiment door bijna alle rassen gesteund, maar werkten vooral nauw samen met de Sirianen en de Pleiadiërs om het menselijk ras te creëren.'

'Zij zijn dus onze voorouders?'

'Ja, de Lyrans zijn te vergelijken met jullie vaders. Ze zijn autoritair, dominant en willen graag regeren. De Sirianen zijn meer als jullie moeders. Zij voelen oprechte liefde voor jullie, hebben jullie vaak geholpen om jullie te bevrijden van de heerszuchtige Lyrans, maar zijn daarin vaak te ver gegaan en hebben jullie daardoor klein gehouden. De Pleiadiërs zijn als jullie oudere broeders en zusters. Hun genetische structuur lijkt bijzonder veel op die van Aardemensen, omdat op kritieke punten in de ontwikkeling van de protomens genetisch materiaal van de Pleiadiërs werd ingebracht.'

Mijn hoofd tolt en niet alleen omdat ik een paar uur geleden van een berg ben gevallen. Mijn brein is hard bezig om alle nieuwe inzichten en concepten een plek te geven binnen de bestaande kaders. Time Bender ziet me worstelen en geeft me een heel donkere pastille met twee piramides erop. Het brengt klaarheid in mijn nevelige brein. Ik glimlach en ontspan.

Als hij zich ervan heeft vergewist dat ik er weer bij ben, gaat hij verder: 'De enige manier om te voorkomen dat het nieuwe mensenras ook gepolariseerd zou worden, was door te voorkomen dat zij kennis zouden hebben van Goed en Kwaad. De mensheid mocht dus niet eten van de Boom van Kennis, zoals jullie Bijbel dat beschrijft. De heerser op Aarde die in die dagen was aangesteld om de mensheid in het duister te houden, heette Yahweh.'

'Yahweh is toch een andere naam voor God?'

'Yahweh was geen god, maar een buitenaardse heerser. Alle goden die door de mensen gedurende de eeuwen zijn vereerd, waren buitenaardsen.'

'God is een alien?'

'In het Oude Testament wordt vooral gesproken over Yahweh. Deze Lyran-heerser was van de Dienstbaar aan Anderen-oriëntatie en hij dacht dat hij zijn onderdanen een dienst bewees door ze onwetend te houden in het Paradijs van Eden. Ze mochten niet weten over het verboden fruit van de Boom van Kennis.'

'In de Bijbel staat dat het de Duivel was die de mensheid verleidde om van het verboden fruit te eten.'

'Jullie werden niet verleid door de Duivel, maar door de Sirianen die met de Lyran-groep samenwerkten. Na een tijdje begonnen zij zich namelijk te verzetten tegen het idee van de Lyrans om de mensheid in het duister te houden over hun ware oorsprong. Zij vonden dat dit niet in overeenstemming was met de basisrechten van elk wezen in het Universum: Vrije Wil en Zelfbeschikking. Dus besloten zij om in te grijpen en de mensheid een keuze te bieden. Zij vertelden jullie over de Boom van Kennis.'

'Dus, in plaats van ons te verleiden tot het kwaad, redden zij ons feitelijk uit de klauwen van Yahwehs dictatorschap?'

'Inderdaad. En zij deden ook nog iets anders - iets dat grote gevolgen voor jullie zou hebben, vooral nu, in deze tijd. Zij plaatsten zonder dat de Lyrans dit wisten een latente DNA-code in jullie cellen. Deze code wordt geactiveerd wanneer de trillingsfrequentie van een beschaving omhooggaat, zoals momenteel het geval is. Wanneer de Aarde richting de vierde dichtheid accelereert, wordt deze code geactiveerd. Jullie zullen je dan bewust worden van jullie Galactische achtergrond en terugkeren naar de Boom des Levens.'

'Wat is de Boom des Levens?'

'Yahweh wilde het mensenras afgezonderd houden van de Boom des Levens, wat betekent dat hen niet werd toegestaan om zich te vermengen met andere species in de Kosmos om van hen te leren. De mensheid zat in quarantaine en mocht niets weten over hun broeders en zusters op andere planeten. Toen de mensheid door de Sirianen voor de keuze werd gesteld en Yahweh ontdekte dat zij Vrije Wil en Zelfbeschikking verkozen boven onwetend in Eden te verblijven, liet hij de andere kant zien van Dienstbaar aan Anderen. Hij werd de boze, wraakzuchtige god zoals beschreven in het Oude Testament. De hel brak los en de mensheid werd uit het Paradijs gegooid.'

Time Bender voelt goed aan dat het inmiddels weer duizelt in mij. Hij kijkt op de klok en rondt zijn verhaal af: 'Voor je gaat slapen, wil ik je vertellen over je opdracht en waar we momenteel staan. Zoals de situatie op Aarde nu is, staan jullie nog steeds onder invloed van de Ceecar, de Anunnaki en negatief gerichte Sirianen. Zij beschouwen jullie nog steeds als hun slavenras en bron van voeding. Maar er is iets aan het veranderen. Zij beseffen dat - wanneer de mensheid richting de vierde en vijfde dimensies ascendeert - zij zullen worden ontmaskerd. Hun karma zal hen inhalen en dit kan tot de vernietiging van hun ras leiden. Om dit te voorkomen, doen ze er alles aan om jullie dociel en onwetend te houden met behulp van de media, regeringen, religies, economische systemen en zo ongeveer elke andere organisatie die enige macht heeft.'

'Wat kan iemand als ik hier aan doen?'

'Je moet je allereerst bewust worden van de duistere krachten die jullie momenteel in de greep hebben. De meeste mensen leven liever in ontkenning dan het monster in de ogen te zien. Je nieuwe opdracht gaat over het moedig onder ogen komen van de Duisternis die niet alleen om je heen is, maar ook in jou leeft.'

'Dat klinkt niet heel aantrekkelijk.'

'Zoals ik eerder al zei, valt er veel te leren van het Duister. Maar het is ook gevaarlijk. De kunst is om het Spel te blijven zien voor wat het is, zonder erin meegezogen te worden. Hier komen je yogi-kwaliteiten goed van pas. Blijf onthecht, blijf in het oog van de orkaan, waar je Licht en Duister kunt omarmen en verenigen.'

'Ik moet eerlijk bekennen dat veel van mijn meditatietechnieken er op gericht zijn om naar het Licht te gaan, weg van het Duister. Dit klinkt als een behoorlijk pittige nieuwe uitdaging voor mij.'

'Ja, en dat is nog niet alles. Je moet de komende periode niet alleen de Duistere Kant van het Leven doorzien en de polariteiten binnen jezelf integreren, maar ook de codes van de Levende Bibliotheek activeren. Gaia heeft die nodig om naar een hoger niveau te gaan.'

'*Right*. En terwijl ik daarmee bezig ben, moet ik de

Ceecar, Negatieve Syrians, Lyrans, Anunnaki en alle andere sterrenrassen die ons al duizenden jaren overheersen en een groot complot voorbereiden om de mensheid ten val te brengen van me af zien te houden?'

'Inderdaad. Ik ben blij dat je het met enige humor opvat. Onthoud bij dit alles steeds één ding: het is een spel.'

Hij leunt achterover in zijn stoel en neemt me kritisch op. Dan: 'Nu je dit alles hebt gehoord, wil je nog steeds de volgende opdracht aanvaarden?'

'Alleen als ik een doos chocola meekrijg.'

'Dat kan geregeld worden. Goed, dan zal ik een ontmoeting met de Duivel organiseren.'

'Wat? Ga ik de Duivel ontmoeten?'

'Je gaat kennismaken met de Engel der Vernietiging.'

6. ALLOYA

“The only thing that scares me more than space aliens, is the idea that there aren’t any space aliens. We can’t be the best that creation has to offer. I pray we’re not all there is. If so, we’re in big trouble.’

Ellen DeGeneres, comédienne, televisiepersoonlijkheid.

Terug in Amsterdam gebeurt er een paar weken helemaal niets. Ik voel me echter niet echt op mijn gemak, omdat ik voortdurend het idee heb dat iedereen die ik ontmoet de Duivel *in disguise* zou kunnen zijn. Ik begin een beetje paranoia te worden en besteed wat meer tijd aan meditatie om mijn gedachten en emoties in balans te houden.

Vijf weken later hoor ik eindelijk iets van Time Bender. Er ligt een kaart in de brievenbus. Dit is wat er staat: ‘Zaterdag, 9 uur, Noordermarkt, appeltaart.’

Ik denk dat ik weet wat Time Bender daarmee bedoelt. Er is een café op de Noordermarkt waar ze fantastische zelfgebakken appeltaart serveren. Het is een begrip in Amsterdam.

Ik ben opgetogen dat ik Time Bender weer ga ontmoeten en arriveer iets voor negenen bij het café. Time Bender is er nog niet. Er gaan vijf minuten voorbij, tien, vijftien. Nog steeds geen spoor van hem. Ik begin me zorgen te maken. Waarom is hij er nog niet? Verkeerde café?

De enige andere klant is een vrouw, mogelijk ergens begin veertig. Ik kan haar ogen niet zien, aangezien zij een donkere zonnebril op heeft. Ze heeft rood haar, is helemaal in het zwart gekleed en lijkt naar mij te kijken.

'Wacht je op iemand?' vraagt ze, als ik haar kant op kijk.

'Ja, dat klopt, maar het lijkt erop dat hij niet komt.'

'Dat is jammer.'

Ik kijk haar onderzoekend aan en opeens dringt het tot me door dat Time Bender misschien helemaal niet komt. Misschien heeft hij een ontmoeting met deze vrouw gearrangeerd. Maar dat zou betekenen... dat zij de Duivel is!

'Sorry, dit klinkt waarschijnlijk heel vreemd, maar de man waarop ik wacht, heeft mij verteld dat hij mij aan de Duivel zou introduceren. Je bent niet toevallig de Duivel, is het wel?'

Ze lacht geheimzinnig en zet haar bril af. Ineens kijk ik in twee prachtige diepblauwe ogen die me ondeugend toestralen.

'Zie ik eruit als de Duivel?'

'Nee, niet echt. Maar ik weet eerlijk gezegd niet hoe de Duivel eruitziet. Ben je dan misschien de Engel van Vernietiging?'

Nu breekt er een brede grijns op haar gezicht door en lacht ze hardop om mijn vreemde vragen. 'Ik heet Alloya,' zegt ze, 'en voor zover ik weet ben ik niet de Engel van Vernietiging. Ik zou echter wel eens degene kunnen zijn waarop je wacht. Wil je koffie?'

'Ja graag.'

'Taart?'

'Mmm.'

Ik ga aan haar tafel zitten en kijk weer in haar ogen. Ze

zijn behoorlijk magisch. Ik zou erin kunnen verdrinken, zo mooi zijn ze. Ik probeer niet te veel te staren, maar slaag er niet al te best in. Ze merkt het op en knipoogt naar me. Ik smelt bijna, maar gelukkig komt op dat moment de serveerster met koffie en taart.

Alloya neemt een slok koffie en zegt: 'Vertel me eens over de man op wie je wacht.'

'Zijn naam is Time Bender. Ik ontmoette hem voor het eerst vele jaren geleden tijdens de première van een film in een Amsterdams theater. Hij vertelde me toen over de geschiedenis van de mensheid en de Aarde, en over een missie die ik zou moeten vervullen. Ik weet nog steeds niet precies wat dit alles betekent en wat het allemaal precies met mij te maken heeft. Ik verheugde me erop hem vandaag weer te zien. Ik heb nog zo veel vragen.'

'Misschien kan ik je helpen.'

'Weet jij ook meer over dit soort dingen dan?'

'Ja, ik herinner mij alles vanaf het begin der tijden.'

Ik kijk haar ongelovig aan: 'Alles? Hoe kan dat?'

'Ik was erbij,' zegt ze achteloos, terwijl ze een stuk appeltaart in haar mond stopt.

'Je was erbij toen de tijd begon?'

'Ja. Zie je, tijd is niet wat je zou denken. Het is niet lineair zoals ons is geleerd. De meeste mensen denken dat dit leven het enige is dat wij hebben. Dat is niet zo. Wij leven op verschillende niveaus van bestaan en in verschillende tijdframes, allemaal op hetzelfde moment.'

'Bedoel je dat wij op dit moment niet alleen in dit café in Amsterdam zitten, maar tegelijkertijd ook in andere levens zijn, in verschillende dimensies?'

'Ja, wij leven in vele vormen op verschillende planeten en in verschillende dimensies.'

'Hoe weet je dit?'

'Dat zei ik je al: ik was erbij.'

Alloya neemt nog een hap taart en rolt met haar ogen. 'Zeg, dit is geweldig spul,' zegt ze met volle mond.

'Ja hè? Het is beroemd,' zeg ik, terwijl ik haar ogen probeer te ontwijken.

We genieten even in stilte van onze taart en dan vraag ik: 'Alloya, als wij in vele verschillende dimensies leven, is het dan mogelijk om deze andere aspecten van onszelf te leren kennen?'

'Ja, dat is precies wat ik in de afgelopen negen jaar heb gedaan. Ik heb mijn andere zelven ontmoet in alle mogelijke dimensies, planeten en hoedanigheden. Vervolgens heb ik ze geïntegreerd.'

'Hoe heb je dat gedaan?'

'Ik ben door de verschillende dimensies heen gereisd om mijzelf vertrouwd te maken met deze wezens. In eerste instantie leken ze vreemd en alien. Ze dachten heel anders dan ik, handelden heel anders en zagen er vaak heel anders uit. Maar naarmate ik ze beter leerde kennen, begon ik in te zien dat zij feitelijk delen van mij waren. Zij *waren* mij. Ik begon mijn vergeten zelven te integreren en werd in dit proces weer heel.'

'Wow, wat een ongelooflijk avontuur. Ik zou dat ook wel willen. Hoe werkt dit proces precies?'

'Ik kreeg toegang tot de geschiedenis van ieder wezen, ik zag al hun avonturen in het Universum. Ik moest daarbij ook de lessen leren die zij hadden geleerd en mij de vaardigheden van ieder van hen eigen maken. Terwijl dit proces zich voltrok, werd ik mij ervan bewust dat ik sterrencodes activeerde die in mijn DNA waren opgeslagen.'

'Time Bender had het ook over codes die moeten worden geactiveerd om onszelf en de planeet in trilling te verhogen. Is dat het waar je het over hebt?'

'Ja, deze codes bestaan uit complexe patronen en lijken het meest op een soort sneeuwvlokken. Door de tijd heen lukte het me om alle sterrencodes van de verschillende rassen, species en entiteiten die mijn multidimensionale identiteit vormen, te integreren. Ik realiseerde me dat ik naar de Aarde ben gekomen om haar te helpen genezen en een manier te vinden om gevallen engelen te redden die in tijdnood komen om hun karmische onbalans te herstellen voor het Eindspel.'

'Wat? Zeg je nu dat het leven gaat eindigen?'

Alloya geeft geen antwoord en stopt snel een groot stuk taart in haar mond. Ze kauwt rustig en rolt weer met die prachtige ogen. Ik merk dat ik onwillekeurig als een verliefde tiener naar haar zit te staren en wend mijn blik af. Ze moet er weer om lachen en bestelt nog twee koffie.

Dan vraagt ze: 'Heeft Time Bender je verteld over wat Gaia nu aan het doen is?'

'Hij zei dat ze haar frequentie aan het verhogen is.'

'Ja, dat is onderdeel van de Galactische gebeurtenis die nu gaande is. Het Universum beweegt richting voltooiing. Een groot deel van de voorbereiding voor een dergelijke gebeurtenis gaat over het helen van onbalans. Wij worden nu geroepen om in balans en harmonie met onszelf en elkaar te gaan leven.'

'Het klinkt alsof we een turbulente tijd tegemoet gaan.'

'Ja, maar maak je geen zorgen. Dit is iets heel goeds. Het is iets prachtigs. Bovendien ben je goed voorbereid. Je bent hiervoor getraind.'

'Begin jij nu ook al? Jullie schijnen allemaal meer te weten dan ik. Over wat voor training heb je het?'

'Je zit midden in het proces van de integratie van al je Kosmische zelven tot één wezen: hier en nu op Aarde. Jouw multidimensionale zelf is zich aan het verenigen met je menselijke zelf. Alles komt nu samen op Aarde. Dit is niet alleen een schokkende ervaring, maar vooral een prachtige ervaring. Terwijl je je zielaspecten integreert en de sterrencodes activeert, zul je je gaan herinneren wie je bent en waarom je hier op Aarde in deze belangrijke tijd bent.'

Ik voel de hete adem van de tijd en de immense opdracht in mijn nek en voel dat het zweet me uitbreekt. Ik probeer de zaak te relativeren: 'Is dat niet iets wat elke generatie zegt over de tijd waarin ze leven: dat dit de meest belangrijke tijd is en dat de wereld aan zijn eind zal komen? Waarom is deze tijd anders?'

'Omdat Gaia haar frequentie aan het verhogen is. Zie je, we zijn lange tijd opgesloten geweest in het frequentiespectrum van de derde dimensie. We zijn geïndoctrineerd om te geloven dat dit alles is wat er is. Als Gaia haar frequentie verhoogt, ontwaken we vanzelf en worden we ons bewust van onze multidimensionaliteit.'

'Hoe zijn wij dan opgesloten in de derde dimensie?'

'Onze zintuigen worden gestuurd door een elektromagnetisch raster dat onze wereld omvat. Dit raster creëert de illusie waarin we leven. Ons bewustzijn wordt beperkt en gecontroleerd. Het geeft ons valse ideeën over wie wij zijn. Onze geloofsystemen vertellen ons dat er maar drie dimensies zijn. We zien slechts een flinterdunne bandbreedte van het Universele spectrum.'

Ze excuseert zich om het toilet te bezoeken. Het geeft me tijd om mijn gedachten even te ordenen. Normaal gesproken zou ik mensen die er dit soort ideeën op nahouden al snel in het 'complottheorie'-hokje stoppen en niet echt serieus nemen. Maar met Alloya ben ik daar niet zo zeker van. Zij spreekt niet vanuit theorie en boekenwijsheid. Ze probeert me niet te overtuigen, maar deelt eenvoudigweg haar eigen ervaring en het is moeilijk om daar tegenin te gaan.

Wanneer ze weer zit, zegt ze: 'Ik begrijp dat dit misschien *far out* klinkt of paranoia, maar je moet weten dat onze planeet al vele duizenden jaren geleden is gekaapt. We leven al zo lang in slavernij dat we eraan gewend zijn geraakt en het niet meer doorhebben.'

'Wat bedoel je met gekaapt?'

'De wezens die ons overheersen, hebben ingegrepen in onze genetische code. Ze hebben ons DNA veranderd zodat wij hun agenda konden gaan vervullen. Dit had eigenlijk niet mogen gebeuren, omdat het inging tegen de natuurlijke menselijke evolutie.'

'Hoe bedoel je?'

'Er is een Kosmische Wet in het Universum van noninterventie. Deze wet stelt dat een ras zich niet mag bemoeien met de evolutionaire ontwikkeling van een minder ontwikkeld ras. Er zijn echter altijd wezens die zich niet aan de wet houden. Het gevolg is dat we momenteel leven in een kunstmatige controlematrix en daar al een half miljoen jaar in vastzitten.'

'Maar dat is een eeuwigheid.'

'Voor jou mag dat een eeuwigheid lijken, maar voor degenen die ons controleren, is het niet lang. Dezelfde wezens die deze gevangenis creëerden, zijn hier nog steeds.'

'Leven zij zo lang?'

'Ja.'

'Hoe werkt dit controlesysteem precies?'

'Er is een barrière rondom de planeet geplaatst die - wanneer wij daar doorheen reizen op weg naar de Aarde, of na de dood weer terug - onze geheugens wist en voorkomt dat wij toegang hebben tot informatie over wie wij waren voordat wij hier kwamen. Het houdt ons in een kunstmatige loop. Omdat de herinnering aan andere levens is gewist, vallen we steeds weer in dezelfde groeven. De lessen worden niet geleerd en daardoor zijn we voorbestemd om steeds opnieuw dezelfde fouten te maken.'

'Maar dat is crimineel!'

'Zoals ik al zei: de Aarde is een gevangenisplaneet. Het

energetische raster rondom de planeet voorkomt dat informatie en bewustzijn vanaf andere plekken in de Kosmos ons kan bereiken. We worden in een hypnotische trance gehouden en handelen daardoor met een minimum aan bewustzijn.'

Ze zucht en staart mismoedig uit het raam. Buiten schijnt de zon. Amsterdam fonkelt in het frisse ochtendlicht. Het lijkt haar stemming enigszins op te krikken: 'Maar er is nu iets aan het veranderen, er is iets aan het verschuiven. Er is een krachtige puls vanuit de kern van de Kosmos die deze barrière verzwakt. Dat is de reden waarom er nu meer informatie doorkomt en we het over deze dingen kunnen hebben. Steeds meer mensen zullen zich hun ware aard en de ware geschiedenis van de mensheid gaan herinneren als gevolg van het oplossen van dit gevangenisraster.'

'Dat klinkt als een revolutie van bewustzijn.'

'Ja, dat kun je wel zeggen. Door de verzwakking van het raster kunnen sterrencodes ons nu steeds meer zonder vervorming bereiken. Elke sterrencode is een kaart, een set instructies en coördinaten die het ons mogelijk maakt om door het multidimensionale Universum te reizen. Wanneer de sterrencodes in je tot leven komen, zie je de Boom des Levens ontstaan. Dat is de reden waarom wij hier zijn: om deze codes binnen onszelf te activeren en ze in de Aarde te verankeren. Gaia moet ze kunnen lezen om haar reis van transformatie te kunnen voltooien.'

'Oké, ik snap wat je zegt. Maar wat wordt er dan van ons, en meer in het bijzonder van mij, verwacht?'

'Er wordt van ons - en van jou - verwacht dat wij de Aarde bewandelen in onze volledige incarnatie. Wij dienen heel en compleet te worden en onszelf te verankeren in de matrix van Gaia, dat is de matrix die de Aardse realiteit creëert. Onze volledige aanwezigheid op de planeet kan een transformatie van bewustzijn bewerkstelligen die het mogelijk maakt dat allen op

Aarde het vermogen krijgen om in andere dimensies te kijken.'

Ze neemt de laatste hap van haar appeltaart en kijkt naar die van mij. Ik kan niet geloven dat ik maar een paar happen heb genomen. Gewoonlijk verslind ik zo'n taart binnen een minuut. Ik schuif de taart in haar richting en wil meer weten: 'Hoe voelt het om in volledige aanwezig op Aarde te zijn?'

'Je ervaart jezelf als god *en* mens, als afgescheiden individu *en* een met alles. Je bent het allemaal *tegelijkertijd.* Dit complete bewustzijn is nog nooit gerealiseerd in een specie van fysieke aard. Nooit eerder zijn de vierde en vijfde dimensionale energieën opgewekt in een lichaam van een dergelijke verdichting. Dat is waarom wij mensen op dit moment van zulk groot belang zijn voor alle betrokkenen. Wij bevinden ons midden in een onvoorstelbaar experiment.'

'Maar hoe zijn jij en ik daarin dan betrokken geraakt?'

'Gaia stuurde verzoeken voor vrijwilligers om naar de Aarde te komen en te incarneren in het menselijke verhaal, zodat zij haar van binnen uit het systeem konden helpen. Wij hebben beiden gereageerd. Wij zijn vrijwilligers.'

'Wacht even. Zeg je nu dat ik vrijwillig naar de Aarde ben gekomen om de sterrencodes te downloaden, het elektromagnetische raster rondom de Aarde af te breken, de heersende macht het hoofd te bieden en de mensheid en de Aarde te helpen om te ascenderen naar de vierde en vijfde dimensie?'

'Ja, dat is een goede opsomming. *Piece of cake*, toch?'

'Meer een immens groot stuk appeltaart.'

Ze lacht en kijkt weer naar buiten. Het is de eerste warme dag van de lente. Ik volg haar blik en zie een jonge vrouw voorbij fietsen in een ultrakort rokje. Ik vertel Alloya dat columnist Martin Brill deze dag een naam heeft gegeven: Rokjesdag.

Ze lacht er hartelijk om en zegt: 'Heb je zin om een stukje te lopen?'

'Graag!'

We wandelen door de 9 Straatjes in de Jordaan - oorspronkelijk een arbeidersbuurt, maar inmiddels is het een van de duurste plekken van Nederland geworden. We snuffelen wat in tweedehands kledingzaakjes en ik hang ondertussen de *tour guide* uit. Ik wijs haar op het beroemde Anne Frank Huis en op de plek waar Rembrandt zijn laatste dagen sleet.

Als we op een bankje op de Keizersgracht even uitblazen, vraag ik haar hoe dit alles voor haar is begonnen. 'Als kind had ik al veel ervaringen met wezens uit andere dimensies,' vertelt ze. 'Ik zat dan op de vensterbank van mijn kamer naar de sterren te kijken en riep naar mijn familie. De sterren werden dan een soort spiralen die begonnen te draaien. Vanuit het centrum van de spiraal ging er dan een portaal open. Dan verscheen er een gezicht van de Zeta.'

'De Zeta?'

'Dat is een ras dat in alle twaalf dimensies van het Universum leeft. Ze zijn zeer geavanceerd, maar hebben geen individueel bewustzijn. Ze vormen een groepsbewustzijn en helpen andere planeten en systemen evolueren. Soms laten zij zichzelf aan ons zien in de vorm van de Greys.'

'Hebben ze jou ontvoerd?'

'Nee, maar zij namen me wel met hen mee. We vlogen dan door de straat van ons huis en ik kon dan in de slaapkamers van mensen kijken terwijl zij sliepen. Op de een of andere manier kon ik door muren heen kijken.'

'Wow, *freaky*.'

'Zeker, zeer geavanceerd. Hun schepen worden bestuurd door middel van gedachtekracht. Op een dag hebben ze mij geleerd om een klein voertuig te besturen. Om het te laten vliegen, moest ik mijn gedachten en emoties volledig in balans zien te houden.'

Ze vertelt dat ze als tiener door een zware periode ging toen ze tot de ontdekking kwam dat niet iedereen was zoals zij. Ze probeerde haar gevoeligheid uit te schakelen maar werd daar nog ongelukkiger van.

'Dit veranderde allemaal toen ik eenentwintig was,' zegt ze. 'Ik kreeg toen een enorme download van informatie over wie ik ben en wat ik op Aarde doe. Deze download ging verschillende weken door en startte een proces van ziel-integratie dat negen jaar duurde. Mijn bewustzijn opende zich volledig. Ik transformeerde mijzelf tot waar ik nu ben.'

Laat in de middag breng ik haar naar haar hotel en informeer naar haar verdere plannen.

'Ik heb niet zo veel plannen. Ik heb gedaan waarvoor ik kwam.'

'Haha, ik had het niet zozeer over je Kosmische plannen Alloya, maar gewoon over wat je morgen gaat doen.'

'O, zo. Nou, we kunnen elkaar wel weer zien als je dat wilt.'

'Heb je zin om naar het strand te gaan?'

'Klinkt goed.'

'Uurtje of tien?'

'Goed.'

'Dan kom ik je halen.'

7. LUCIFER

'I'm sure the Universe is full of intelligent life. It's just been too intelligent to come here.'

Arthur C. Clarke, sciencefictionschrijver, uitvinder en televisiepresentator.

De volgende morgen begroet Alloya me met een warme omhelzing en het verheugt me te zien dat het voor vandaag ook rokjesdag is. Ze springt in de auto en we manoeuvreren ons door het drukke ochtendverkeer richting de snelweg naar Haarlem. Tijdens de rit praten we weinig en genieten vooral van de omgeving en het heerlijke weer. Na een halfuur rijden we door een stadje dat Overveen heet.

'Er is hier een oud landhuis waar ik ooit meditaties organiseerde,' vertel ik haar. 'Het heet Duinlust. De eigenaar wilde van het landgoed een spirituele gemeenschap maken. Dat is niet echt gelukt, maar het is desalniettemin een bijzondere plek met goede faciliteiten: een restaurant, ruime keuken, een sauna, een vorstelijke marmeren hal en een dubbel trappenhuis. Wil je het zien?'

'Zeker.'

We rijden de lange oprijlaan op en voor het landhuis aangekomen stappen we uit. Ik loop naar de voordeur, maar die is gesloten. De plek ziet er desolaat uit. De levendigheid van enkele jaren geleden is volledig verdwenen.

'Het is een vreemde plek,' vertel ik haar, terwijl we teruglopen naar de auto. 'Het lijkt wel alsof er een soort vloek rustte op alles wat we deden. Niets kwam ooit echt van de grond, alsof we constant werden gesaboteerd. Ik heb zelfs wel eens gedacht dat er een spook was of zo.'

'Dat zou best kunnen.'

'Ja, dat dacht ik ook. Daarom heb ik een keer een vriendin uitgenodigd om de plek te bekijken. Ze staat erom bekend allerlei energieën op te pikken. Ze vond het een verschrikkelijke plek. Toen we de trap opliepen naar zolder waar mijn werkkamer was, stond ze ineens stokstijf stil. Ze verbleekte, draaide zich om en rende de trap af.'

'Wat is er aan de hand?' riep ik, terwijl ik achter haar aanrende.

'Zag je dat dan niet? Er stond een vrouw boven aan de trap.'

'Een vrouw? Ik heb niets gezien.'

'Ze zag eruit als een heks, helemaal in het zwart gekleed. Ze schreeuwde tegen ons dat we weg moesten gaan en nooit meer terug moesten komen.'

We stappen in de auto, maar ik start de motor nog niet. Alloya kijkt nog eens naar het huis en zegt: 'Interessant allemaal. Weet je toevallig wie die vrouw geweest kan zijn?'

'Ik denk het wel. Ik ben wat onderzoek gaan doen naar de historie van het landgoed. Het huis is gebouwd door ene Johanna Jacoba van de Velde. Zij was de weduwe van een zeer vermogend bankier, Willem Borski. Johanna Jacoba was op een gegeven moment zelfs zo rijk, dat ze zowat in haar eentje voorkwam dat ons land failliet ging. Toen de economie volledig in het slop zat, kocht ze zo veel aandelen van de

Nederlandsche Bank dat ze het land een tijdje min of meer eigenhandig bezat.'

'Ja, de elite regeert onze wereld al gedurende vele, vele generaties.'

Ik wijs haar op een groot wit huis in de verte. 'Zie je dat landhuis daar? Dat is waar Johanna Jacoba eigenlijk woonde. De plek waar we nu zijn, was slechts haar zomerresidentie. Het andere landgoed is minstens tweemaal zo groot als dit, met prachtige tuinen en een oranjerie. Het heet Elswout, en als je vindt dat dit huis eng aanvoelt, dan moet je daar maar eens een kijkje nemen.'

'Waarom niet? Ik dacht er net aan om je een verhaal te vertellen dat goed past bij een spookhuis.'

Ik start de motor en we gaan op weg naar Elswout.

Onderweg vraagt ze: 'Wat is er met mevrouw Borski gebeurd?'

'Ze is op late leeftijd gestorven en haar zoon erfde het landgoed. Ook hij heette Willem Borski en was een vermogend bankier, zoals als zijn vader. Duinlust werd de residentie van zijn oudste dochter die ook Johanna Jacoba heette. Zij was getrouwd met haar neef, ene David van der Vliet.'

Alloya glimlacht spottend. 'Merken we hier soms een patroon op?' grinnikt ze. 'Deze mensen hebben allemaal dezelfde namen en zijn binnen hun eigen clan gehuwd. Dat patroon kwam ik steeds tegen tijdens mijn onderzoek naar de bloedlijnen van de elite. Het is een gesloten systeem. Daar is een reden voor en heeft te maken met het intact houden van de genetische lijnen.'

'Waarom is dat zo belangrijk voor de elite?'

'We worden geregeerd door wezens die van nature niet menselijk zijn. De enige manier voor hen om hun ras voort te laten bestaan, is om hun DNA zo puur mogelijk te houden. Dat is waarom zij zich binnen de familie voortplanten. Zij zijn technologisch ongelooflijk geavanceerd, meesters in de genetica en koudbloedig.'

'Zijn dat de Draconische Reptielen waar Time Bender mij over vertelde?'

'Ik noem ze de Lizzies.'

We slaan rechts af een onverharde weg op en rijden de heuvel op naar het landhuis. Wanneer we over de heuvel zijn, wordt het landhuis zichtbaar. Het is indrukwekkend, zeker voor Nederlandse begrippen. Ik parkeer de auto en we lopen ernaartoe.

'Weet je dat dit huis een paar jaar geleden voor maar één euro te koop was?' zeg ik.

'Echt? Waarom?'

'Ik denk omdat het op instorten stond. Of misschien vanwege die dode boom die daar al eeuwen lijkt te staan, precies voor de hoofdingang. Ik heb geen idee.'

'Laten we onder die boom gaan zitten. Het is de perfecte plek voor wat ik voor ogen heb.'

We gaan op het gras zitten en maken het onszelf gemakkelijk. Ik ga achterover liggen en kijk naar de verdorde takken van de boom. 'Ik kan niet begrijpen waarom die boom er nog steeds staat,' zeg ik. 'Hij heeft al heel wat stormen overleefd.'

Alloya gaat ook achterover liggen en bekijkt de boom. 'Misschien is-ie niet echt dood,' zegt ze. 'Misschien ziet hij er alleen dood uit. Ben je bang voor de dood?'

Haar vraag verrast me. 'Nou eh, ik geloof wel dat het leven op de een of andere manier doorgaat en dat de "dood" niet echt bestaat. Maar ik weet niet zeker of ik me dat zal herinneren als ik op mijn sterfbed lig. Dus ik denk dat ik wel een beetje bang ben voor de dood.'

'Er is een plant die je kan helpen om van die angst af te komen. Heb je wel eens van Ayahuasca gehoord? Dat is een middel dat de Zuid-Amerikaanse indianen al duizenden jaren gebruiken om toegang te krijgen tot hogere lagen van bewustzijn. Zij beschouwen Ayahuasca als de Moeder aller Medicijnen. De plant laat je alle kanten van het leven zien, de lelijke en de mooie, de vitale en de stervende, het Licht en het Duister.'

'Ik moet dat maar eens proberen dan.'

'Ja, maar het hoeft niet per se. Ik kan voelen dat de plant al in contact met jou staat. Ze heeft jou uitgekozen om met haar te werken, omdat ze weet dat jij de sleutels bezit tot bepaalde deuren in het labyrint van de onderwereld.'

'Een plant heeft mij uitgekozen om met haar te werken?'

'Ja, een *plant*. Mensen onderschatten de intelligentie van de natuur.'

Ze gaat rechtop zitten en zegt gedecideerd: 'Maar nu wil ik je eerst een verhaal vertellen over het begin der tijden. Ben je er klaar voor?'

'Een en al oor.'

Ze sluit haar ogen een paar seconden en in gedachten zie ik haar reizen, helemaal terug naar het allereerste begin. Er verschijnt een glimlach om haar mondhoeken. Ze ademt een paar keer hoorbaar in en uit. Dan opent ze haar ogen, kijkt me aan met die te mooie kijkers en begint te vertellen.

'Er waren eens twee geliefden die vanuit het Grote Niets werden geboren. Het waren de meest krachtige stralen die ooit werden gecreëerd. Een van hen straalde de positieve lichtkant van de schepping uit. De ander straalde negatieve energie uit, namelijk het duister. De Universele Dromer, die deze stralen tot leven had gebracht, bekeek met ontzag hoe zij zich in een dynamische verstrengeling steeds opnieuw met elkaar versmolten en zich dan weer losmaakten. Hun schoonheid was adembenemend. De energetische patronen van licht die zij schiepen, zagen eruit als gevleugelde engelen.'

Ze glimlacht als ze terugdenkt aan het begin van ons Heelal. 'Deze engelen waren geboren als onderdeel van een Kosmisch experiment. Het idee was om een plek te creëren van zo'n immense verdichting, zo'n diepe verduistering, dat zelfs de liefde van de Bron er niet in kon doordringen. Zo'n plek bestond nergens. In het hele Universum was er niet één planeet waar de bewoners zich niet realiseerden dat binnenin ieder van hen de sleutel tot al het leven lag, het oorspronkelijk zaad van de Bron.

Het plan was dat een van de engelen op reis zou gaan om deze plek van vergetelheid te creëren. De ander zou achterblijven in de lichtlagen om de ware aard van de engel te herinneren voor het moment waarop deze zou terugkeren naar de lichtwereld en zij zich weer zouden herenigen.'

Alloya sluit haar ogen weer om niet te worden afgeleid door een stelletje met jengelende kinderen. Dan vervolgt ze haar verhaal: 'Een van de engelen stond op de rand van het Grote Niets, zichzelf preparerend voor de sprong in het Onbekende. Mannelijk in energie rekte hij zich trots uit en strekte zijn machtige vleugels. Zijn naam was Lucifer, de Heldere Morgenster. Zijn vrouwelijk wederhelft keek met ingehouden adem toe en wachtte op de grote sprong. Ook zij was opgewonden en benieuwd naar dit grote avontuur.'

Toen sprong hij: 'Lucifer viel zo snel en zo lang hij kon richting een dimensie die zo verdicht is, dat het in staat zou zijn om de plaats van vergetelheid te huisvesten. Alles dat op deze planeet leefde, zou een vreemde existentie leiden, verstoken van het licht van de Bron.'

Lucifer bleef vallen: 'De dimensies in de diepte rukten aan zijn vleugels. Hij probeerde de stroom te berijden, maar tot zijn ontzetting was de zuigkracht te overweldigend en verloor hij alle controle. Hij kon niets anders doen dan zich in het onbekende te laten trekken.'

Zijn geliefde keek vanuit de hogere regionen angstig toe: 'Ze zag zijn verwrongen gelaat en realiseerde zich voor het eerst dat ze nu echt uit elkaar gingen en elkaar niet meer konden bereiken. Ze wilde hem nog één keer aanraken, maar haar handen van licht gingen dwars door zijn stoffelijke lichaam heen. Zij waren niet langer van dezelfde soort.'

Lucifer stortte neer op de planeet als een komeet uit de Ruimte: 'De nevelen van verdichting die zich om hem heen vormden, verstikten hem haast. Zijn hart leek uit zijn borstkas te worden gerukt. Hij was niet voorbereid op wat hem hier wachtte. Buiten zichzelf van angst bonkte zijn fragiele hart in zijn tot het uiterste gespannen lijf. Maar de dichtheid nam het over en nam hem gevangen. Het grote vergeten trad in en uiteindelijk leek hij op een diamant die was komen vast te zitten in een harde rots.'

Plotseling stopt Alloya met praten omdat er een man op ons afkomt met een glanzend voorwerp in zijn hand dat hij op ons gericht houdt. Hij is groot van postuur, heeft zwart glanzend haar, donkere ogen en draagt een grijze regenjas. Opeens realiseer ik me dat het object dat hij in zijn hand houdt een pistool is! Mijn hart begeeft het bijna. Ik wil Alloya waarschuwen en wegrennen, maar het is al te laat. Hij staat nu recht voor ons en buigt zich over ons heen.

'U kunt een foto van mij maken,' zegt hij commanderend.

Hij overhandigt mij het glanzende voorwerp dat een camera blijkt te zijn.

'Eh, natuurlijk, geen probleem,' zeg ik opgelucht.

De man stapt naar achteren, zodat ik hem kan fotograferen met het spookhuis op de achtergrond. Wanneer ik op de knop druk, beweegt hij zijn rechterhand omhoog en maakt een vreemd gebaar. Dan loopt hij naar me toe, neemt de camera uit mijn handen en loopt zonder iets te zeggen richting het landhuis. Daar aangekomen opent hij de voordeur en gaat naar binnen. Ik kijk met grote ogen naar Alloya. Zij heeft zich niet bewogen.

'Zag je wat hij met zijn hand deed?' vraag ik. 'Dat was echt *weird*.'

'Ja, ik zag het. Weet je wat dat gebaar betekent?'

'Nee.'

'Het is het symbool van de Duivel. Satanaanbidders herkennen elkaar aan deze handgebaren. Het zijn geheime codes. De meeste van die codes hebben hun oorsprong in oude gesloten genootschappen, zoals de vrijmetselaars.'

'Is Satan hetzelfde wezen als Lucifer?'

'Nee. De figuur van Satan is een uitvinding van mensen. Lucifer is niet duivels. Lucifer was niet uit de hemel verbannen zoals ons is geleerd. Hij is vrijwillig gegaan.'

'Dus hij is niet de Duivel?'

'Inmiddels is hij dat wel geworden, maar hij was niet altijd zo. Ook Lucifer baadde ooit in de liefde en het licht van de Bron van alle creatie. Ook hij herkende zichzelf als een aspect van God. God heeft vele gezichten. Het gezicht dat Lucifer moest laten zien, was dat van het Duister, het vergeten. Maar Lucifer was niet alleen toen hij sprong. Een derde van alle engelen volgde hem naar beneden, de moedige en nieuwsgierige aspecten van God, om een planeet te stichten waar intense groei mogelijk is.'

'En die plek is de Aarde?'

'Ja, Lucifer creëerde een planetair lichaam dat in staat is om een energie vast te houden die de planeet zou isoleren van de liefde van de rest van de Kosmos. Deze quarantaine werkt als een hogedrukpan en maakt het de inwoners van deze planeet mogelijk om snel te groeien en te evolueren door te leren omgaan met extreme vormen van dualiteit.'

Zij sluit haar ogen weer even om contact te maken met die turbulente eerste fase van het ontstaan van onze Aarde. Dan zegt ze zacht: 'Terwijl Lucifer dieper in de vergetelheid zonk en als een diamant in de kern van de Aarde lag te slapen, begonnen zich vreemde fenomenen voor te doen. Terwijl de sluiers zich als dekens om hem heen wikkelden, creëerde hij laag op laag van verschillende realiteiten - steeds meer niveaus van vergetelheid.

'Waarom sliep Lucifer?'

'Slapen betekent vergeten. Je wordt dan een onbewuste schepper. Wij mensen op Aarde leven in een droom waarvan wij denken dat die echt is. Dat is de reden waarom spirituele verlichting "ontwaken" wordt genoemd. Je wordt wakker uit de droom.'

'Dus Lucifer manifesteerde door zijn dromen een nieuwe realiteit gebaseerd op vergetelheid?'

'Dat klopt, goed verwoord. Zijn dromen werden fysieke realiteiten die incarneerden in het stoffelijke lichaam van Gaia. Er begonnen zich karakters te vormen. Zijn dromen werden dichter en dichter, geperverteerd door de duistere energieën die hij om zich heen had gecreëerd. Verlaten, desolaat, verloren en alleen lag hij daar. Zijn enige passie was een onverzadigbare honger naar macht, bloed en dood om zijn lege hart te vullen.

Lucifer begon te veranderen. Zijn gezicht werd zelfs voor hemzelf onherkenbaar. Het was het gelaat van de Duivel geworden, een zwart en hard masker, afschrikwekkend en verwrongen. Zwarte levenloze pupillen blokkeerden al het licht. Hij gaf zich over aan de wreedheid van de omgeving en vervulde zijn missie om duisternis te creëren, lijden en dood.'

Terwijl Alloya praat, schuiven er donkere wolken voor de zon. Een kille wind begint te waaien. Ik kijk omhoog en rits mijn jas dicht.

'Time Bender vertelde me dat ik een ontmoeting met Lucifer zou hebben als onderdeel van mijn volgende opdracht. De manier waarop jij hem beschrijft... zo intens wreed, kil en gemeen. Ik weet niet of ik daar wel mee om kan gaan.'

'Ja, het ontmoeten van Lucifer is geen pretje.'

'Hoe weet je dat? Heb jij hem ooit ontmoet?'

Ze aarzelt voordat ze antwoord geeft. Dit was duidelijk niet een deel van het verhaal dat ze wilde vertellen. Ze zwicht en zegt: 'Ja, ik heb hem ontmoet.'

'Wat, echt? Hoe was dat? Waar was dat?'

'Het gebeurde enkele jaren geleden op een donkere nacht. Samen met wat vrienden stonden wij op een heuvel die uitkijkt over St. Michael's Mount, een oud slot dat op een eiland voor de kust van Zuid-Engeland ligt. Het is in de baai van Penzance, in Cornwall. Het was die hele dag donker en regenachtig geweest. Velen waren teleurgesteld omdat wij hier waren om de zonsverduistering te zien. De regen geselde onze gezichten terwijl boven het slot zwarte wolken draaiden en kolkten. Veel van ons hadden dromen gehad over tunnels en grotten onder het kasteel die alleen toegankelijk zijn van onder de zeespiegel. Ik had hierover ook vaak gedroomd en zag dan steeds dat dit de woonplek was van Lucifer en een portaal naar de onderwereld.'

Alloya doet haar capuchon op, omdat het begint te regenen. We kijken naar de lucht en dan naar elkaar en zijn ons bewust van de vreemde toevalligheid van de plotselinge omslag in het weer. Ze gaat verder: 'Opeens veranderde het licht. De verduistering was begonnen. Vogels tsjilpten en krijsten, en in de verte hoorden we honden blaffen. Dit verbaasde ons, omdat ons was verteld dat alles op het moment van de verduistering stil zou worden. Toen begon ik onbedaarlijk te trillen. Van achter het slot op het eiland rees een donkere wolk op in de vorm van een levende draak. De draak cirkelde driemaal rondom de Mount en dreef toen naar het westen. Op het moment dat de wolk oploste, blies er een soort reinigende wind door ons heen. Niet *om* ons heen, zoals normale wind, maar *door* ons heen. Toen wist ik dat hij eraan kwam.'

'Lucifer kwam eraan?'

'Hij was in aantocht. Ik kan niet zeggen dat ik hem

fysiek zag, maar dat was niet nodig. Hem voelen was meer dan genoeg. De angst was indrukwekkend. Mijn lichaam trilde en beefde en ik maakte onvrijwillig die vreemde jankende geluiden die dieren maken als ze doodsbang zijn. Ik kon er niet mee stoppen. Het voelde alsof ik dood ging. Dat was op zichzelf al angstig genoeg, maar wat nog beangstigender was, was dat ik vreesde dat hij me zou verslinden.'

Het begint nu hard te regenen, maar Alloya lijkt het niet te merken: 'Ik was als een snaar zo gespannen en bang dat ik mijn bewustzijn zou verliezen. Plotseling voelde ik een immens licht in mij wakker worden. Het was alsof ik vanbinnen "aan" werd gezet en dit licht door mij heen naar buiten begon te schijnen. Ik voelde op dat moment dat ik het Licht van Liefde in deze donkerste aller plekken van het Universum moest brengen. Ik moest het Licht verankeren in het huis van de Duivel. Ineens stonden we tegenover elkaar. Ik kon geen kant meer op. Ik moest hem onder ogen komen. En dus kwam ik hem onder ogen.'

'Wat gebeurde er?'

'Het meest ongelooflijke. Ik zag ineens zijn schoonheid, zijn oorsprong. Ik zag hem als een aspect van God! Ik voelde zo veel liefde voor hem vanuit dat Grote Licht dat in mij scheen. Ik herkende hem en hield intens veel van hem in ieder opzicht. Ook zijn duistere masker, ook zijn wreedheid en kille hart kon ik intens liefhebben. Toen omhelsden wij elkaar, we omstrengelden elkaar en werden één. Het was de meeste intense heling die ik ooit heb ervaren.'

Ze pinkt een traan weg en loenst dan met een scheve grijns in mijn richting. 'Wat ik nu ga zeggen, klinkt vast heel *cheesy*, maar het gebeurde echt: ik hoorde Engelen zingen. Ik kon ze letterlijk horen. Het was zo prachtig.'

Weer rollen tranen over haar wangen. Ik kijk naar de lucht en zie dat de regen is gestopt. De donkere wolken glijden weg en de zon komt weer tevoorschijn. Alloya merkt het ook en glimlacht om dit kleine wonder.

Dan vraag ik: 'Hadden de andere deelnemers dezelfde ervaring als jij?'

'Iedereen zat om mij heen en ook zij ervoeren dat er iets immens gebeurde. Na de omhelzing met Lucifer werd het rustig, maar niemand zei iets. Lange tijd bleven we daar in stilte zitten, totdat we een stem hoorden: "Hij is weg. Hij is vrij en nu kunnen we gaan spelen." Het was de stem van een jongetje van zes.'

De aarde onder ons is nat en we besluiten terug te lopen naar de auto. Onderweg vraag ik: 'Heeft je ontmoeting met Lucifer je leven erg veranderd?'

'Het veranderde alles. Ik heb nog heel lang zijn ongelooflijke kracht in mij gevoeld. Zijn licht vulde mijn hele lichaam. Ik ervoer mijzelf dagenlang als God. Ik kon het bewustzijn voelen van alle elementen om mij heen. Mijn bewustzijn was zo groot, dat het eindeloos leek. Mijn aura kon de hele planeet omvatten. Ik voelde dat ik God was, en alles wat ik ervoer instant creëerde.'

'Wow. Bleef die ervaring bij je?'

'Nee, dat deed het niet, en dat is het pijnlijke. In de daaropvolgende dagen kwam mijn frequentie naar beneden. Ik kwam langzaam terug in de werkelijkheid waarin ik tot dan toe had geleefd. Ik vergat weer dat ik God was. Ik kan je niet vertellen hoe pijnlijk dat was op alle mogelijke niveaus. Ik voelde intense heimwee, smart, verlies, verraad en een diep verlangen om naar huis te gaan.'

'En nu?'

'Nu wil ik nog steeds naar huis, maar meer dan dat zou ik terug willen naar Amsterdam om wat boodschappen te doen. Kun je me een lift geven?'

Ik grinnik om haar humor en we lopen terug naar de auto.

Onderweg naar Amsterdam praten we niet veel. Wanneer we bij haar hotel aankomen, geeft ze me een kaartje en zegt: 'Hier, als je ooit de weg kwijtraakt of je opdracht vergeet, neem dan contact met mij op. Je zult alle hulp nodig hebben die je kunt krijgen, want je gaat binnenkort in de onderwereld afdalen. Jij bezit de sleutels tot bepaalde deuren in het labyrint.'

'Wat voor deuren?'

'Die zul je zelf moeten ontdekken. Ik kan je dat niet vertellen. Er is echter iemand die je de weg kan wijzen. Het is jouw eerste incarnatie in de ruimte-tijdrealiteit. Dit wezen, dat jij zelf bent op een hoger niveau, is een zeer geavanceerd wezen van het ras van de Kat-Mensen, ook wel Leeuwen-Mensen genoemd. Zij waren onder meer degenen die de Grote Piramide bouwden. Ze weten alles over heilige geometrie, wat je zal helpen om de sleutels te vinden. Maak jezelf met hem vertrouwd. Nodig hem uit. Hij heeft de sleutel. Dag.'

En weg is ze, door de draaideur van haar hotel. Ik blijf nog even wachten, maar ze kijkt niet meer om. Ik rij stapvoets naar huis, onder de indruk van haar verhaal en de opdracht die mij kennelijk wacht.

Als ik thuiskom, ben ik te moe om te eten en plof op bed. Mijn wereldbeeld wordt iedere keer weer uitgedaagd en danig op de proef gesteld. Ik wil nu alleen nog maar slapen. Maar wanneer ik het licht uitknip, gebeurt er iets vreemds. Ik hoor ineens een harde zoemtoon in mijn linkeroor, alsof iemand zich met een boor naar binnendringt. Dan wordt mijn lichaam steenkoud en word ik hardhandig neergedrukt. Ik kan me niet meer bewegen, mijn lichaam is verlamd. Het wordt steeds moeilijker om te ademen en een smerige, penetrante lucht vult de kamer.

Ik raak haast in paniek en tracht uit alle macht om mijzelf te bevrijden uit de ijzeren greep door mijn lichaam met schokkerige bewegingen naar de rand van het bed te brengen, hopend dat ik eruit zal vallen en de ban kan breken. Ik voel dat ik voor mijn leven vecht.

Dan hoor ik zijn stem, een lispelend gefluister. Koud en gemeen: 'Jullie zijn lafaards. Jullie hebben niet de moed om het Duister in jezelf te accepteren. Jullie projecteren dit falen op mij.'

'Wat? Ga weg, laat me los!'

'Ik zal jullie pas loslaten wanneer de laatste van jullie is gestopt om met de Duivel te dansen.'

'Oké, goed, ik ben klaar! Ik wil niet meer met u dansen! Laat me los!'

Ik transpireer nu hevig en probeer nog steeds centimeter voor centimeter naar de rand van het bed te bewegen. Nog een klein stukje...

Dan hoor ik weer die kille stem: 'Ik heb jullie met veel plezier gadegeslagen terwijl jullie een wereld creëerden die constant op de rand van de vernietiging zweeft. Jullie zijn toch zulke opwindende wezens! Hahaha.'

Ik ben er bijna.

'Je denkt dat ik de Duivel ben, maar ik ben Lucifer. Ik ben jullie redder. Ik heb de sleutels. Ik ben jullie spiegel. Ik reflecteer jullie duister.'

Ik val op de vloer, hap naar adem en probeer overeind te komen. Ik schud mijn hoofd wild heen en weer om de ban te breken. Dan wordt het stil. Ik spits mijn oren en heel in de verte hoor ik zijn stem, als een echo: 'Zijn wij niet allen gevallen engelen, zijn wij niet allen gevallen engelen...'

8. HIDDEN HAND

'In our time this search for extraterrestrial life will eventually change our laws, our religions, our philosophies, our arts, our recreations, as well as our sciences. Space, the mirror, waits for life to come look for itself there.'

Ray Bradbury, auteur, scriptschrijver.

Vier weken na mijn ontmoeting met Alloya word ik uitgenodigd om een meditatietraining te geven bij een bedrijf dat Hidden Hands heet. De onderneming bestaat uit een wereldwijd netwerk dat infrastructuur creëert op plekken die door oorlogen of natuurrampen zijn verwoest en is gehuisvest in een van de grote glazen torens aan de Amsterdamse Zuidas.

Wanneer ik het gebouw betreed, krijg ik direct een naar gevoel. Er klopt iets niet. Het gebouw voelt verlaten. Ik kijk om mij heen en zie dat het verlaten *is*. Geen planten, geen mensen, geen koffiemachines, geen toiletten. Alleen maar een enorme marmeren hal.

'Kan ik u helpen?'

Ik schrik en draai me om. Daar staat een streng kijkende dame van ergens in de zestig.

'Goedemorgen mevrouw,' zeg ik ietwat overdonderd, 'ik

ben hier voor de meditatietraining.'

'Neem de lift en ga naar de bovenste verdieping.'

Op weg omhoog ervaar ik een ander soort rilling. Het is hartstikke koud in de lift en hoe hoger ik kom, hoe kouder het wordt. Als de lift stopt en de deuren openschuiven, kijk ik in een immense kantoorruimte met ramen aan iedere zijde. Aan de andere kant van het vertrek zit een man achter een ouderwets bureau. Ik herken hem onmiddellijk. Het is de man die mij vroeg om zijn foto te nemen op landgoed Elswout. Hij kijkt me strak aan met zijn donkere ogen.

Zijn stem is weer bevelend: 'Ga zitten.'

Aarzelend loop ik in zijn richting en ga tegenover hem zitten. Zijn uiterlijk doet me denken aan Al Pacino in *The Godfather*. Hij draagt een zwart pak, een smetteloos wit overhemd en een zwarte das. Zijn haar is strak achterover gekamd en zijn gelaat is zeer licht. Dan begint hij op een wat robotachtige manier te praten: 'Ik ben een lid van de heersende familie-bloedlijn. Zo af en toe, overeenkomstig de wetten van onze Schepper, opent zich gedurende een korte tijdsperiode de mogelijkheid om onze onderdanen te ontmoeten om hen de kans te geven met hun heersers in contact te treden. Het is mijn plicht hieraan te voldoen en ik ben van twee kanten gebonden aan deze plicht. De Wet van onze Schepper verplicht mij om jou op dit moment deze gelegenheid te geven, maar ik ben ook gebonden door de Wet van planetaire Vrije Wil en door de eed van de familie, waardoor ik niet over alles kan spreken.'

Ik ben tot op het bot verkleumd, maar zie kans om door mijn klapperende tanden heen te vragen: 'Bent u de Duivel?'

'Onze lijn voert terug tot ver voorbij de antiquiteit. Vanaf de vroegste tijden van jullie beschreven geschiedenis en ver daarvoor heeft onze familie het Spel van achter de schermen op vele manieren aangestuurd. Wij zijn geboren om te leiden.

Het is deel van het ontwerp van dit paradigma. Wij bekleden sleutelposities in alle belangrijke gebieden: media, regering, leger, wetenschap.'

'Dus jullie zijn degenen die de mensheid al gedurende vele duizenden jaren onderdrukken.'

'Dat is juist. Dit is de rol die ons is voorgeschreven om in dit Spel te spelen. Om succesvol te zijn, dienen wij zo negatief mogelijk gepolariseerd te zijn. Dienstbaar aan Onszelf tot in het extreme. Geweld, oorlog, haat, hebzucht, controle, slavernij, genocide, martelingen, morele degradatie, prostitutie, drugs, al deze dingen en meer dienen ons doel in het Spel.'

'En daar bent u trots op?'

'Het verschil tussen jou en mij is dat ik weet dat ik in het Spel speel. Hoe minder jullie weten over het Spel, en hoe minder jullie je herinneren dat jullie een speler zijn, hoe zinlozer het leven wordt. Door middel van al deze negatieve aspecten verschaffen wij jullie echter middelen en mogelijkheden om jezelf te bevrijden. Maar jullie zien dit niet. Het is niet *wat* wij doen, maar hoe jullie erop reageren dat van belang is. Jullie hebben de Vrije Wil om te kiezen hoe jullie ermee omgaan.'

'Bent u deel van de Illuminatie?'

'Ik ben Lucifer. Of, liever gezegd, ik ben van de Lucifer-groepsziel. De wereld van mijn familie is heel anders dan die van de lagere Aardse bloedlijnen, zoals de Illuminatie. Deze Aardse bloedlijnen zijn zich niet bewust van het hele plaatje. Zij zijn eropuit om de wereld te regeren, om te heersen en jullie in slavernij te houden, en om zo veel mogelijk lijden en negativiteit te creëren als menselijkerwijs mogelijk is. Dat is wat zij krijgen uit de deal: wereldhegemonie.'

'Dus, jullie zijn degenen die van achter de schermen de Illuminatie en andere geheime genootschappen manipuleren om zo veel mogelijk destructie te creëren?'

'Dat is correct. Maar wij doen dit omdat wij het Spel begrijpen. Jullie regeringen begrijpen dit niet. Zij zien jullie vooral als pionnen die overeenkomstig het Spelplan over het schaakbord worden bewogen.'

Voor het eerst zie ik een glimp van emotie op zijn strakke gelaat. 'Ik moet ze nageven,' zegt hij smalend, 'dat ze het goed doen. Maar een van de dingen die zij niet weten of begrijpen, is dat onze agenda uiteindelijk is bedoeld voor het hoogste goed van alle betrokkenen. Zie je, wij voorzien jullie van een katalysator. Mijn familie is er niet op uit om jullie rechtstreeks te beschadigen. Wij dienen simpelweg onze rollen te spelen in dit Goddelijke Spel.'

Ik kan me nu nauwelijks meer bewegen van de kou. Hidden Hand schijnt er geen last van te hebben. 'Kunt u de verwarming aanzetten alstublieft?' vraag ik. 'Het is hier ijskoud.'

'Bij dezen.'

Direct stroomt er warme lucht de kamer binnen. Ik ontspan een beetje. Hij leunt achterover in zijn stoel en kijkt me aan. Ik probeer weg te kijken, maar zijn blik maakt dit onmogelijk. Ik word bang en om de aandacht af te leiden, zeg ik snel: 'Meneer, er was mij gevraagd om hier een meditatietraining te geven. Ik begrijp niet wat ik hier doe. Waarom ben ik hier?'

'Je bent hier met een reden: om de duistere en duivelse krachten te begrijpen die jullie overheersen en onderdrukken. Je bent hier om jouw overheerser te ontmoeten: Lucifer, de Lichtdrager en Stralende Morgenster.'

'Daar was ik al bang voor. Dit is het dus: mijn ontmoeting met de Duivel.'

'Lucifer is niet de Duivel zoals hij onjuist in jullie Bijbel wordt geportretteerd. Lucifer is een groepsziel of sociaal herinneringscomplex die is geëvolueerd tot het niveau van de zesde dimensie. Op dat niveau hebben wij de keuze om verder te evolueren, of om terug te keren en anderen in lagere dimensies bij te staan in hun evolutie door onze kennis en wijsheid te delen met degenen die ons aanroepen voor hulp.'

'Dus in plaats van door te gaan naar het volgende niveau van het Spel, kozen jullie ervoor om terug te komen om ons te helpen?'

'Inderdaad. Wij hebben deze uitdagende taak opgelegd gekregen van de Raad van Ouderen, die functioneert als hoeders van dit Melkwegstelsel vanuit hun achtste dimensie hoofdkwartier op Saturnus. De uitdaging had te maken met jullie planeet Aarde. Yahweh, die toentertijd over jullie regeerde, had aan degenen die op deze planeet incarneerden niet de Vrije Wil om Jezelf te Kennen verleend. In de afwezigheid van Vrije Wil kan er geen polariteit zijn. Er valt niets te kiezen. Het resultaat was dat er maar heel weinig evolutionaire progressie was. Jullie planeet was een Hof van Eden: een prachtig paradijs. Maar er was geen wrijving en daardoor geen mogelijkheid voor jullie om te evolueren voorbij de derde dichtheid. Hierdoor was er weinig hoop voor jullie om ooit nog terug te keren naar de Heelheid. In feite leefden jullie in een schitterende gevangenis. Yahweh was, om het in moderne termen te vatten, een goedaardige dictator.'

'En Lucifer werd gevraagd om de boel in beweging te brengen?'

'Dat klopt. Wij zijn hiernaartoe gezonden om te helpen. En Yahweh had ermee ingestemd dat wij kwamen. In feite was hij het die in eerste instantie de Raad om hulp had gevraagd om een katalysator van verandering in deze creatie te brengen.'

Ik ben nu aan het transpireren. Het is minstens veertig graden in de kamer en condens loopt in straaltjes langs de ramen.

'Meneer, kunt u alstublieft de verwarming wat lager zetten?'

'Reeds gebeurd.'

De temperatuur daalt direct. Hij vraagt of ik koffie wil.

'Graag, dank u.'

De oudere dame die ik beneden ontmoette, komt vrijwel direct binnen met een blad met twee kopjes koffie. Ze zet ze voor ons neer en verdwijnt onmiddellijk. Ik neem een paar slokken. Het is supersterk, maar erg lekker. De temperatuur in de kamer is nu eindelijk in orde en voor het eerst begin ik een beetje te ontspannen. Hij nipt van zijn koffie in stilte en blijft onophoudelijk naar me kijken. Om de spanning te verbreken, vraag ik: 'Dus u kreeg opdracht van de Raad van Ouderen om Vrije Wil op Aarde te introduceren?'

'Dat is juist. Maar toen Yahweh in eerste instantie de Raad benaderde, was dat niet om Vrije Wil te introduceren. Hij wilde slechts een onderzoek laten instellen naar hoe hij het beste het evolutionaire proces kon versnellen. Wij waren dus in eerste instantie op een onderzoeksmissie gestuurd om Yahweh te ontmoeten en suggesties te doen hoe hij zijn onderdanen - en uiteindelijk ook zichzelf - kon helpen om vooruit te komen. Wij onderzochten veel opties, rapporteerden onze bevindingen bij de Raad en brachten ook Yahweh op de hoogte. Naar ons beste inzicht kwamen wij tot de conclusie dat de enige manier om de groei en ontwikkeling werkelijk te versnellen was om het concept van Vrije Wil te introduceren.'

'Was Yahweh het hiermee eens?'

'Nee, Yahweh was niet blij met het rapport en de noodzaak om Vrije Wil te implementeren. Uiteindelijk overtuigde de Raad hem ervan dat het de beste manier was en stemde hij met tegenzin in. Wij keerden terug naar de Aarde en hadden een hoffelijke ontmoeting met Yahweh om te bespreken hoe wij nu het best konden verdergaan. Yahweh was ervan overtuigd dat zijn onderdanen ervoor zouden kiezen om loyaal aan hem te zijn. Zij waren zo tevreden met hun manier van leven, zo dacht hij, dat zij hem altijd zouden volgen. Dat, zo zei hij, was de voornaamste reden waarom Vrije Wil niet zou werken als katalysator voor groei.'

'Maar hij stemde ermee in om door te gaan met het experiment?'

'Dat deed hij. Hij stemde in met het experiment van de Boom van Kennis van Goed en Kwaad. Hij geloofde dat hij gelijk zou krijgen: dat zijn volgelingen ervoor zouden kiezen om onbewust te blijven. Toen zij dat niet deden, werd hij kwaad, gooide zijn speelgoed uit de kinderwagen en verbande zijn onderdanen uit de Tuin van Eden. Hij zadelde hen daarbij en passant op met enorme schuldgevoelens over hoe zij Zijn vertrouwen hadden geschaad en Hem niet hadden gehoorzaamd. Dat is niet echt een eerbare manier voor een Schepper om zich te gedragen, maar ja, dat is de schoonheid van Vrije Wil, nietwaar?'

Ik begin hem steeds meer te waarderen. Hij is weliswaar streng en rigide, maar ook helder en vertoont nu zelfs enige tekenen van humor.

Hij vervolgt: 'Yahwehs onderdanen waren zo dankbaar dat wij hen kwamen helpen, dat Yahweh de jaloerse God werd, zoals geportretteerd in jullie heilige boeken. Toen kregen we die hele "Gij zult geen andere goden aanbidden dan Mij" tirade. Wij waren helemaal niet blij met de situatie, aangezien een Schepper zich niet zo zou moeten gedragen jegens zijn onderdanen. Tenslotte zijn wij uiteindelijk allen één.'

Hij schuift zijn koffiekop terzijde en fronst het voorhoofd. 'Toen wij probeerden om de planeet te verlaten om terug te gaan naar de Raad op Saturnus belette Yahweh ons om te vertrekken. Wij probeerden het nogmaals en werden toen gevangengezet in de astrale lagen rondom de planeet. De Raad verordonneerde dat wij moesten worden vrijgelaten, maar dat hield tevens in dat wij dan ons contract met jullie zouden moeten cancelen en jullie niet zouden kunnen helpen om te evolueren. Wij wilden niet vertrekken, wij vonden jullie zeer aangename wezens, werkelijk positief gepolariseerd. Wij kozen ervoor om te blijven, al betekende dat dat wij nu vele cycli van individuele incarnaties moesten doorlopen, iets wat wij al lang niet meer hadden gedaan.'

'Dus, jullie kozen ervoor om te blijven om ons te helpen, ongeacht wat dat voor jullie zelf betekende?'

'Correct. De paradox is dat wij, om jullie het beste te helpen, volledig zelfdienend moeten zijn. O, ik hou zo van het gevoel voor ironie van onze Schepper.'

Ik glimlach om zijn humor en krijg zowaar een glimlach terug. Dan zegt hij zacht: 'Wanneer we niet op dit toneel staan, zijn we vrienden, weet je? Tussen de verschillende incarnaties door hebben we samen veel plezier over de rollen die we in elkaars levens hebben gespeeld en in het volgende bedrijf gaan spelen.'

Hij staat op en loopt naar het raam. Terwijl hij met zijn rug naar me toe staat, zegt hij: 'Ik zal je een geheim verklappen dat je zal helpen om dit Spel van Leven te doorgronden: er is maar één van ons. Als je dat begrijpt, zul je het Spel doorzien. Stop met buiten jezelf naar verlossing te zoeken. Er is niet zoiets als een God die jou gaat verlossen. God is een concept van mensen, een verkeerd begrip van het oorspronkelijke oerconcept van de Bron. God suggereert een afzonderlijke entiteit die buiten jou staat, die je moet aanbidden en vereren. De Bron wenst geen verering van jou.'

'Dus alle religies hebben het bij het verkeerde eind?'

'De meeste religies zijn ofwel door ons ontworpen, ofwel zwaar door ons beïnvloed. Natuurlijk is er een Schepper, maar de meeste scheppers die jullie in jullie heilige religies vereren, zijn buitenaardsen.'

'Ik denk dat dit inzicht tot redelijk wat opschudding zal leiden.'

Hij antwoordt niet, maar staat nog steeds met zijn rug naar me toe en kijkt naar buiten. Het is een indrukwekkend uitzicht. We bevinden ons in een van de hoogste torens met uitzicht over zeker dertig torens vol machtige multinationals - allemaal samengebracht op één plek. Zoals hij daar staat, uitkijkend over zijn imperium, kan ik me niet aan de indruk onttrekken dat hij deze torens vanuit dit Duivelse hoofdkwartier aanstuurt om nog meer geld te maken en de Aarde nog meer uit te buiten.

Hij keert zich naar mij toe en zegt: 'Ik weet dat mijn woorden je verwarren, want tot dusver heb je niet begrepen dat wij zijn gekomen om jullie te helpen. Wij begrijpen het belang van wat wij hier aan het doen zijn, ook al begrijpt het grootste deel van de mensheid dit niet. De reden dat jullie je de regels van het Spel niet herinneren, is vanwege de Sluier der Vergetelheid. Als jullie in elke nieuwe incarnatie toegang zouden hebben tot jullie ziel-herinneringen, zou het geen zin hebben om in de ruimte-tijd te komen. Dat is net zoiets als een examen afleggen, terwijl je alle antwoorden al weet. Jullie zouden niets leren en het zou het Spel van Leven minder leuk maken.'

'Vindt u het echt leuk om de hele dag door lijden, oorlog, geweld en vernietiging te creëren?'

'Ik zie de humor van dit alles in. Ik hoop dat jij dat op een dag ook zult doen. Nu, als je mij wilt excuseren, ik heb door dit positieve gesprek een hoop waardevolle tijd verloren en moet een hoop ellende gaan veroorzaken om dat te compenseren. Mijn secretaresse zal je naar buiten begeleiden.'

'Oké, dank voor dit vreemde gesprek meneer… Ik heb uw naam niet gehoord.'

'Hidden Hand.'

9. AYAHUASCA

'I looked out the window and saw this white light. It was zigzagging around. I went up to the pilot and said "have you ever seen anything like that?" He was shocked and said, "Nope." I said to him: "Let's follow it." We followed it for several minutes. It was a bright white light. We followed it to Bakersfield, and all of a sudden to our utter amazement it went straight up into the heavens. When I got off the plane I told Nancy all about it.'

Ronald Reagan, voormalig president van de Verenigde Staten, die zijn ufo-ervaring in 1974 beschrijft aan Norman C. Miller van *The Wall Street Journal.*

Drie weken later word ik straalverliefd. Ik ben op een conferentie over sjamanisme en zie opeens een prachtige vrouw die licht lijkt uit te stralen. Ze is gekleed in een kleurrijk gewaad met lange oorbellen en inheems uitziende kettingen. Haar ogen lijken veel verschillende kleuren te hebben die veranderen met de lichtinval. Tijdens de lunch kom ik 'toevallig' naast haar te zitten en complimenteer haar over haar bijzondere sieraden.

We raken aan de praat en Binkie vertelt me over haar reizen door Zuid-Amerika waar ze, na het overlijden van haar echtgenoot, enkele jaren heeft rondgereisd. In Colombia maakte ze kennis met Ayahuasca, het brouwsel waarover Alloya mij vertelde. Ik spits mijn oren en wil er alles over weten.

Binkie vertelt me over een bijzonder krachtige sjamaan, waarmee ze goed bevriend is geraakt: Fernando Leysama. Ik raak gefascineerd door haar verhalen over deze man en vraag of ik hem zou kunnen ontmoeten.

Twee dagen na de conferentie krijg ik een e-mail van Binkie dat Fernando Leysama ons uitnodigt om volgende week een Ayahuasca-ceremonie bij te wonen in het Amazoneregenwoud. Nog voordat Binkie en ik ons goed en wel realiseren wat er allemaal gebeurt, zijn we samen op weg naar Bogotá.

Tijdens de vlucht vertelt ze me meer over Fernando: 'Hij was vijf toen hij werd ontdekt door zijn leraar Abuelo Juvenal. Deze beroemde sjamaan zag in de kleine Fernando de incarnatie van een andere grote sjamaan en werd zijn "grootvader". Juvenal nam het kind mee de jungle in - uiteraard met toestemming van zijn ouders - waar Fernando werd geïnitieerd in de oeroude tradities van het sjamanisme. Rond zijn twintigste begon hij zijn eerste Ayahuasca-ceremonies te leiden.'

'Hoe oud is hij nu?'

'Ik schat hem halverwege de dertig. Dat is nog behoorlijk jong voor een sjamaan van zijn kaliber. De ouderen van zijn stam eren zijn wijsheid. Fernando is een van de laatste sjamanen, of taitas zoals zij in Colombia worden genoemd, die is onderwezen in de traditionele leer van de ouderen. Het grappige bij Fernando is dat hij ook een gewone moderne gozer is. Je kunt met hem net zo makkelijk praten over medicinale planten en overleden voorvader-spirits, als over smartphones en snelle auto's.'

Op het vliegveld worden we opgewacht door Juan Gabriel en zijn vrouw Melibea. De hartelijkheid en warmte van deze prachtige mensen, die Binkies beste vrienden in Colombia zijn, is direct voelbaar. Juan Gabriel heeft in een succesvolle rockgroep in Colombia gezeten en schrijft nu voornamelijk muziek voor soapopera's. Melibea is fotografe en wil in haar volgende incarnatie cactus worden. Helemaal mijn soort mensen dus.

Op weg naar hun huis vertelt Juan Gabriel ons over het programma voor de komende dagen. Morgenochtend vroeg gaan we met de auto naar de provincie Putumayo aan de zuidwest grens van Colombia. Dat is waar het Amazoneregenwoud begint. De lokale bevolking noemt dit gebied 'het land waar de wolken worden geboren'. Putumayo ligt iets hoger dan het regenwoud en haar bergen zorgen ervoor dat wolken ontstaan die het regenwoud bewateren.

Wanneer de auto ons niet verder kan brengen, gaan we vervolgens te voet verder de jungle in. We zullen dan ongeveer een dag moeten lopen om de ceremoniële plek te bereiken waar Fernando een groot deel van het jaar woont.

De volgende ochtend gaat de wekker om vier uur. Rugzakken, tenten, hangmatten, wandelschoenen, poncho's en kaplaarzen worden in de laadruimte van de fourwheeldrive gestouwd en zo begint onze reis dwars door Colombia. Het landschap is fascinerend en blijft veranderen. Woestijnen worden afgewisseld met moerassen, bergen, pampa's, dichte bossen en de jungle.

Het landschap is nog behoorlijk intact, evenals veel van de inheemse culturen, in tegenstelling tot andere delen van Zuid-Amerika. Dit komt voor een belangrijk deel door de drugsoorlogen die Colombia hebben geteisterd, waardoor toeristen en multinationals op afstand bleven. Dat is inmiddels in rap tempo aan het veranderen, aangezien de regering een vredesverdrag met de rebellen heeft getekend en een aantal grote drugskartels zijn opgerold.

Laat in de avond komen we aan in het dorpje Villagarzón, de laatste buitenpost voordat het eindeloze regenwoud begint. We zullen hier een nacht blijven en in de ochtend de laatste kilometers afleggen naar de rand van het woud. We zijn uitgehongerd en vinden een restaurantje op het dorpsplein. We bestellen eten en vallen ondertussen hongerig aan op de schaal cassavechips die op tafel wordt gezet. Wanneer de ober het eten brengt, informeert hij naar het doel van ons bezoek.

'We gaan de jungle in om een bijzondere sjamaan te ontmoeten.'

'Oké, maar kijk goed uit, want we hebben op dit moment wat problemen met jaguars.'

'Problemen met jaguars?'

'Ja, ze komen de laatste tijd steeds dichter bij het dorp, omdat de petroleummensen het woud plunderen. Afgelopen week zijn schapen, koeien en zelfs paarden opgegeten. Gisteren stuurden we een stel jagers met honden het woud in. Na een tijdje stopten de honden met blaffen. De jagers vonden hun karkassen, maar hebben de jaguar niet gezien.'

Ik begin me een beetje ongemakkelijk te voelen.

'Eten jaguars mensen?'

'Zelden.'

'Zelden? Dat is niet erg geruststellend. Wat moeten we doen als we er een tegenkomen?'

'Niet wegrennen in ieder geval, want dan ziet hij je als prooi en zal hij je doden. Als hij zijn tanden laat zien, denk dan maar dat hij naar je lacht en lach terug.'

Ik kijk de man vol ongeloof aan: 'Meent u dat nou?'

Hij slaat me hartelijk op de schouder en zegt: 'Sorry, ik moet verder, er wachten nog meer klanten.'

De volgende ochtend rijden we richting een boswachtershuis waar het pad naar het verblijf van Fernando Leysama begint. Zonder een fourwheeldrive zou het onmogelijk zijn om door de snelstromende rivieren te waden en over de scherpe rotsen te rijden die ons steeds verder de jungle in voeren.

Wanneer we drie uur later bij het huis arriveren, staan twee lokale mensen ons op te wachten: Lisandro en Blanca. Lisandro zal onze gids zijn en zijn zus Blanca gaat in de jungle voor ons koken. We controleren voor de laatste keer onze uitrusting: hoge laarzen (om te voorkomen dat we door slangen worden gebeten en door giftige doorns worden geprikt), lange mouwen (tegen giftige planten en vreemde insecten), anti-muskietenolie, hoeden, water, voedsel, mueslirepen.

Blanca gaat voor de troepen uit, omdat ze het eten klaar wil hebben als we aan het einde van de dag arriveren. Daar gaat ze dan: in hotpants en een sexy, mouwloos T-shirt. Halverwege de berg wordt het terrein zo drassig dat ze blootsvoets verdergaat, omdat ze haar sneakers niet vies wil maken.

Wanneer wij een kwartier later met z'n allen vertrekken, ben ik direct gefascineerd door het regenwoud. De schoonheid is overweldigend. Nog nooit heb ik de natuur in zo'n maagdelijke vorm gezien. Iedere plant, iedere rivier en zelfs de rotsen stralen levendigheid uit.

De wandeling is zwaar, maar door de bloemenpracht, de bijzondere vogels, planten en dieren, voelt het niet zo. Wanneer we aan het einde van de dag op de ceremoniële plek aankomen, zien we Fernando op het balkon staan. Hij zwaait en roept: 'Welkom in mijn junglehuis. Kom boven en geniet van het uitzicht.'

We trekken onze modderlaarzen uit en lopen de trap op waar Fernando ons hartelijk begroet. Juan Gabriel, Melibea en Binkie hebben vele ceremonies met hem gedaan en het is duidelijk dat ze een diepe band hebben. Fernando geeft me een hand en wijst me naar het uitzicht. Zo ver als ik kan kijken, zie ik bergen, weelderig woud, groene rivieren, wilde bloemen, exotische vogels, jonge wolken en daarachter een inmiddels azuurblauwe lucht. Niemand zegt iets. We staren allemaal in stilte naar de schoonheid.

'Luister,' zegt Fernando na een poosje, 'hoor je dat gekrijs? Dat zijn de brulapen die daar in de verte in die boom zitten. Het geluid dat zij maken, reist kilometers ver door de jungle.'

Opeens horen we een ander soort gekrijs. Het komt uit de keuken en klinkt als Blanca. We rennen naar haar toe en zien een enorm insect op het aanrecht zitten. Het is zo groot als twee vuisten, heeft lange hoektanden, voelsprieten, griezelige poten en is diep donkergroen. Het dier trekt zich niets van ons aan en is in alle rust een hele appel aan het verstouwen.

'Ieuw, wat is dat?'

'Dat is een monster,' zegt Fernando. 'Als je dit dier levend opeet, zal het monster in jou wakker worden. Wil je het proberen?'

Ik kijk hem vol afgrijzen aan. Melibea ziet mijn geschokte gezicht en lacht hartelijk.

'Denk je dat hij bluft?'

'Ik kan me niet voorstellen dat hij zo'n dier levend opeet, jij wel?'

'Oh ja, ik ben er zeker van dat hij dat weleens heeft gedaan.'

Na een voedzame cassavesoep neemt Fernando ons mee naar de rivier beneden in de vallei om ons op te frissen. Het water is diepgroen. Fernando legt uit hoe dat komt: 'Er liggen grote hoeveelheid smaragden in de grond. De inheemse indianen hebben mij eens een veld vol smaragden laten zien midden in de jungle. Ik moest beloven dat ik nooit aan iemand zou vertellen waar het is. Als mensen deze schatten zouden plunderen, zou dat enorme schade aan het woud aanrichten. De smaragden vormen het hart van de jungle. Mensen begrijpen niet langer de onderlinge verbanden in de natuur. De sjamaan kent deze samenhang. Hij kent het mysterie en voelt de magie.'

Wanneer de zon achter de bergen ondergaat, zetten Binkie en ik onze tent op aan de rand van de jungle, zo'n dertig meter bij Fernando's hut vandaan. Ik ben doodmoe maar heel gelukkig en val in Binkies armen in slaap, snorrend als een kat-mens.

De volgende ochtend staan we vroeg op en treffen Fernando in zijn hangmat op het balkon met een dikke sigaar in zijn mond. Op de houten vlonders naast hem staat een pot van klei vol met groen poeder. Het heet Mambe en is gemaakt van cocabladeren vermengd met gemalen schelpen. Fernando stopt het in zijn mond als pruimtabak, een gewoonte die hij van de lokale stammen overnam. Een klein beetje Mambe werkt als een kop sterke koffie, en ik ben er nu al aan verslaafd.

Juan Gabriel en Melibea zijn ook wakker en hangen hun hangmatten naast die van Fernando op de veranda. Binkie en ik doen hetzelfde en twintig minuten later bengelen we met wangzakken vol groen poeder behaaglijk heen en weer. Na een uurtje gezellig te hebben gekletst, voornamelijk in het Spaans waardoor mij veel ontgaat, staat Fernando op en loopt naar de rand van de jungle voor een sanitaire stop. Opeens horen we hem roepen.

'He jongens, kom eens hier!'

'Kijk,' zegt hij als we bij hem zijn, 'verse jaguarsporen.'

Binkie en ik kijken elkaar geschrokken aan. De sporen lopen op nog geen twintig meter van onze tent.

Na dit intermezzo gaat Fernando weer in zijn hangmat liggen. We hebben nog niets gegeten omdat het 't beste is om voor het gebruik van Ayahuasca een lege maag te hebben. Het brouwsel maakt je behoorlijk ziek en hoe minder je eet, hoe minder je hoeft over te geven. Maar rond twaalf uur staat Fernando op uit zijn hangmat en gaat naar de keuken.

Als hij met volle mond terugkomt, zegt hij: 'We gaan vandaag geen ceremonie doen. Ik voel dat het niet het goede moment is. Jullie zijn er nog niet klaar voor. Eerst moeten jullie in contact komen met de jungle. Je moet het *voelen*.'

Na wat fruit en cassavechips opent Fernando een andere kleipot. 'Voordat we de jungle ingaan,' zegt hij, 'wil ik jullie wat Peyote geven, een hallucinerende substantie van een cactus die ik van een sjamaan in Mexico heb gekregen.'

We krijgen ieder twee eetlepels van het grijsachtige poeder te verwerken. Het is heel bitter en smaakt naar de Mexicaanse woestijn. Er is haast een liter water voor nodig om het weg te spoelen.

We gaan op weg, maar al na vijftig meter wordt de jungle zo dicht dat Fernando en Lisandro beurtelings de machete moeten hanteren om een pad te banen. Zelfs Binkie, die veel in de jungle is geweest, is onder de indruk. 'Meer jungle dan dit wordt het niet,' zegt ze. 'Ik ben blij dat Fernando en Lisandro bij ons zijn om de weg te wijzen.'

'Ja,' stemt Melibea in, 'we hebben geluk met Fernando. Ik heb een antropoloog eens horen zeggen dat iedere keer dat er een sjamaan sterft er een bibliotheek verdwijnt. Fernando is een levende bibliotheek.'

'Zei je levende bibliotheek?' vraag ik verbaasd.

'Ja.'

'Dat is gek. Ik hoorde iemand laatst ook over de levende bibliotheek praten, maar in een heel andere context.'

Maar voordat Melibea antwoord kan geven, verandert de omgeving plotseling. De kleuren in de jungle zijn ineens helder opgelicht. Alles lijkt te stralen. Verbeeld ik het mij nu, of zit er een gezicht in die rots? Praat die rots nou tegen mij? Ik begin aan mijn verstand te twijfelen, maar als ik naar de gezichten van Binkie, Juan Gabriel en Melibea kijk, weet ik wat er aan de hand is. De Peyote begint te werken.

We lopen enigszins onstabiel verder, totdat we een halfuur later de oever van de rivier bereiken. Fernando en Lisandro hebben een prachtige rots gevonden in het midden van de kolkende stroom. Het is betoverend om het groene water langs ons heen te horen stromen. Ik zou haast zweren dat ik het water kan horen praten.

Na een tijdje fluistert Fernando, die naast mij zit: 'Hoor je de onzichtbare mensen?'

Ik luister ingespannen, maar alles wat ik hoor, is het geluid van de rivier.

'Ik hoor ze niet Fernando. Wat hoor jij?'

Fernando begint te zingen, fluisteren, huilen, knorren en grommen. Het klinkt prehistorisch. Het is de taal van de indianen die hier ooit woonden. Zij werden de 'onzichtbare mensen' genoemd, omdat zij in het woud konden opgaan. Zij konden zich onzichtbaar maken door één te worden met de natuur.

Wanneer we uren later terugkeren naar de junglehut, zijn we zo uitgelaten van alles wat we hebben meegemaakt, dat we niet in de stemming zijn om iets te eten. 'Maak je niet druk over eten Blanca,' roept Fernando vanaf de veranda, 'wij gaan nog meer Peyote nemen.'

We beleven een krankzinnige avond, genietend van de cactus, het woud en van elkaars boeiende gezelschap. Wanneer ik vanuit de hangmat naar de sterren kijk, raak ik weer overweldigd door de schoonheid. Er is in dit gebied geen enkele lichtvervuiling en ik duizel haast van de hoeveelheid hemellichamen. Ik probeer de sterrenstelsels te vinden die Time Bender aanwees - Lyra en Vega - maar kan ze niet vinden. Misschien omdat we ons aan de andere kant van de planeet bevinden?

Wanneer Binkie en ik uren later eindelijk in onze tent liggen, kunnen we moeilijk in slaap komen. Naast de jetlag is de Peyote nog steeds actief en voelen we ons totaal niet moe. We moeten echter wel wat rusten, dus sluiten we de ogen en luisteren naar de geluiden van de jungle. Opeens hoor ik een krakend geluid, als van een brekende tak. Er is iets daarbuiten. Is het de jaguar?

'Denk je dat jaguars bloed kunnen ruiken?' fluistert Binkie.

'Natuurlijk kunnen ze dat. Hoezo?'

'Ik heb net mijn maancyclus.'

'Bedoel je dat je menstrueert?'

'Ja.'

'Oké, dan moeten we maken dat we hier wegkomen!'

Zo zachtjes mogelijk openen we de tent en schijnen met onze zaklampen de nacht in. Ik verwacht half een paar groene ogen te zien oplichten, maar zie alleen maar heel veel bomen.

'Een, twee, drie en gaan!'

We rennen naar de hut, slaapzakken en matrassen onder onze arm. Fernando lacht als hij ons ziet aankomen: 'Bang voor de jaguar?'

'Eh, ja.'

'Jullie hoeven niet bang te zijn hoor.'

'Hoezo?'

'Omdat ik ook een jaguar ben.'

'Dat stelt me gerust Fernando,' zeg ik. 'Dan blijven we vannacht dicht bij jou in de buurt.' We installeren ons op een paar meter van Fernando's hangmat en vallen eindelijk in een diepe slaap.

De volgende avond is het eindelijk zover: we gaan de Moeder aller Medicijnen drinken. Als deze plant nog meer potentie heeft dan Peyote dan wordt dit een dolle nacht. Fernando heeft ons uitgelegd dat we moeten gaan liggen, omdat de kans groot is dat we ziek worden.

We hangen in een plechtige stilte onze hangmatten op terwijl Fernando een vuur bouwt. Hij zingt voortdurend tegen de vlammen en gebruikt veren om slechte spirits te verjagen. Hij is gekleed in een kleurrijk ceremoniële outfit, met veren in zijn haar, jaguartanden rondom zijn nek en zijn vertrouwde sjamanistische instrumenten binnen handbereik: een wairu (een waaier gemaakt van bladeren), een mondharmonica en verschillende trommels en ratels.

Wanneer hij tevreden is over het vuur gebaart hij ons een voor een om naar hem toe te komen voor een beker Ayahuasca. Het smaakt heel bitter en is moeilijk binnen te houden zonder te kokhalzen. Nadat wij de dikke drab hebben weggespoeld met een glas water, gaan we liggen en wachten op wat komen gaat.

Twintig minuten later begint mijn wereld te veranderen in kleurrijke geometrische patronen. Alles lijkt te bestaan uit fractale vormen met de meest verbazingwekkende kleuren. Alles beweegt, draait, ademt, smelt samen en laat weer los. Elke gedachte die ik heb, elke ademhaling die ik neem, beïnvloedt deze caleidoscopische patronen.

Na een tijdje van dit wonderlijke spektakel te hebben genoten, word ik mij bewust van kleine lianen die voor mijn ogen lijken te dansen. Langzaam komen ze dichterbij, alsof ze op toestemming wachten om bij me binnen te komen. Wanneer ze te dichtbij komen en ik schrik, trekken ze zich terug om daarna weer wat dichterbij te komen.

Na een tijdje geef ik mij over en neemt de plant bezit van mij. Onmiddellijk word ik de ruimte in geschoten en reis met enorme snelheid naar het centrum van het Heelal. Hoe dichterbij ik kom, hoe meer ik het gevoel heb naar huis te gaan. Ik zie weer het heerlijke goud-rode licht dat ik zo goed ken en voel me zo overweldigd door de schoonheid van deze ervaring dat tranen letterlijk uit mijn ogen spatten. Maar net op het moment dat ik deze prachtige lichtgloed wil binnentreden, schiet ik als een dolle de andere kant op: terug richting de Aarde.

Het volgende moment ben ik weer in de jungle, in mijn hangmat. Maar alles om me heen lijkt veranderd. Alles is extreem versterkt. Ieder geluid dat ik hoor, lijkt duizendvoudig te worden versterkt en zet allerlei processen in gang. Ik durf haast niet te ademen, zo intens is het. Ik *hoor* geluiden nu niet alleen, maar kan geluid ook *zien* en zelfs *proeven*.

Dan hoor ik plots een stem die me vagelijk bekend voorkomt. Het is de stem van de Aarde. Het is Gaia die spreekt. Ze fluistert tegen mij, al kan ik ook haar niet goed verstaan. Ik voel dat ze naar me uitreikt, verleidelijk en teder. Ik glimlach en herinner me dat Time Bender me vertelde dat Gaia zo hot en sexy is. Ik begin te begrijpen wat hij bedoelt, want ze pulseert nu onder mij en windt me op als een hitsig dier.

Ik geef me aan haar over, sluit mijn ogen en laat me nemen. Ineens lijkt er iets te veranderen. Ik kijk naar haar en zie dat ze is veranderd in een enorme cobra. Hoog torent ze nu boven me uit en lijkt me te gaan verslinden met huid en haar. Ik raak in paniek en probeer weg te komen, maar kan me niet bewegen. Help, wil ik roepen, ik ga dood! Maar er komen geen geluiden uit mijn keel, zoals tijdens nachtmerries, alleen rare klanken.

Ik begin te huilen, omdat ik weet dat ik ga sterven. Ik zie mijn geliefden voor me en weet dat ik afscheid moet nemen. Ik voel me intens melancholisch en triest. Ik zie Binkies gezicht. Ik reik naar haar uit, maar kan haar niet meer bereiken. Ik ben al in een andere wereld, en glij weg in de open muil van deze immense cobra.

Weer verzet iets zich in mij. Stop! Ik wil niet sterven! Ik wil leven! Ik hou zo van de Aarde. Ik hou zo van het leven. Ik hou zo van deze mensen… Maar het is te laat en ik verdwijn in het duister.

Na wat een eeuwigheid lijkt, kom ik enigszins bij omdat mijn maag begint op te spelen. Ik voel me ziek en moet als de donder uit mijn hangmat zien te komen om over te geven. Maar het is moeilijk om mijn bewegingen te coördineren.

Ik kan mijn lichaam niet goed besturen. Mijn benen willen niet luisteren en mijn hoofd draait.

Op de een of andere manier weet ik mijzelf uit de hangmat te werken en kruip gedesoriënteerd naar de rand van de jungle. Daar stort ik in en geef minstens een uur over. Ik heb me nog nooit zo ziek gevoeld, maar het is op een vreemde manier bevrijdend. Met iedere uitbarsting van misselijkheid stel ik me voor dat ik mijn demonen eruit gooi: woede, spijt, schuld, schaamte, lijden, verraad, verdriet, hopeloosheid, en nog veel meer gooi ik er die nacht uit.

Wanneer het ergste voorbij is en ik mijn ogen weer kan openen, zie ik dat Fernando achter mij staat, zwaaiend met zijn waaier, zingend naar mijn demonen.

'Gaat het weer een beetje?' vraagt hij wanneer ik moeizaam overeind kom.

'Ja, ik geloof het wel. Dank je wel dat je voor me hebt gezorgd.'

'Kom, ik breng je terug naar je hangmat zodat je kunt slapen.'

Hij trekt me overeind en neemt me bij de arm. Slingerend en struikelend, vind ik mijn weg naar de hangmat en val in een diepe en droomloze slaap.

Wanneer ik de volgende ochtend wakker word, is mijn geest volkomen rustig. Ik voel me herboren, als een kind dat opnieuw gaat genieten van het leven. Ik loop een stukje naar beneden de berg af en vind mijn vrienden reeds aan het ontbijt. Ik zie aan hun ogen dat ook zij intense ervaringen hebben gehad. We zeggen niet veel. Het is moeilijk om een Ayahuasca-reis onder woorden te brengen. Het is als een droom: wanneer de dageraad aanbreekt, vervliegen de beelden langzaam.

Fernando reikt me een kom fruit aan.

'Hoe voel jij je nu, amigo?'

'Ik voel me geweldig Fernando, alsof er een last van mijn

schouders is gevallen. Dank je voor alles wat je vannacht voor me hebt gedaan. Ik had dat echt nodig.'

Hij glimlacht, zegt niets en kijkt in de verte.

'Kijk,' zegt hij na een poosje, naar de bergen wijzend, 'er worden wolken geboren.'

10. DEMONEN

'The phenomenon of UFOs does exist,
and it must be treated seriously.'

Mikhail Gorbachev,
voormalig president van de Sovjet-Unie.

Terug in Nederland verschijnt op een nacht John Lennon in mijn droom. Hij draagt een wit gewaad, waardoor hij een beetje op Jezus lijkt, en hij zit onder een dode boom. Ik loop naar hem toe. Wanneer ik bij hem ben, kijkt hij op en gebaart me om naast hem te komen zitten. Met zijn wijsvinger tekent hij in het zand een symbool. Het lijkt op een Egyptisch hiëroglief.

'Wat betekent dit, John?'

Hij geeft geen antwoord, maar wijst naar de boom.

'Boom? Dood?'

Weer geeft hij geen antwoord.

Het begint nu te sneeuwen. De vlokken zijn gemaakt van prachtige geometrische patronen in eindeloos veel sprankelende kleuren. Wanneer de vlokken op onze lichamen neerdwarrelen, verdwijnen ze in ons. We lachen erom en ik voel me als een kind dat met zijn beste vriend in de sneeuw speelt.

Elke keer dat een sneeuwvlok mijn lichaam in dwarrelt, voel ik een tinteling door me heen gaan, alsof ik meer energie krijg, meer inzicht, een *upgrade*.

De hoeveelheid energie die mijn lichaam binnenstroomt, wordt op een gegeven moment zo groot dat het moeilijk te hanteren wordt. Ik voel me extatisch, maar ook tot het uiterste gespannen. Mijn zenuwstelsel trekt het haast niet meer om al deze nieuwe informatie te verwerken. Maar toch wil ik niet dat het stopt. Ik sluit mijn ogen en open mijn armen naar de hemel. Meer, geef me meer! Ik wil het allemaal ervaren, ik wil de hele Kosmos in me opnemen!

Dan stopt het met sneeuwen. De zon begint te schijnen. Ik open mijn ogen en zie dat de boom tot leven is gekomen. Het is de meest weelderige boom die ik ooit heb gezien. Op de een of andere manier weet ik dat dit de Boom des Levens moet zijn. Ik verbaas mij over het wonder, begin te lachen en kijk naar John. Maar hij is verdwenen.

Ik kijk om me heen en roep naar hem: 'John, waar ben je? Kom terug! Ik wil begrijpen wat dit alles betekent!'

Dan zie ik hem in de verte. Hij gaat net een groot landhuis binnen dat op een heuvel ligt. Ik wil hem waarschuwen om niet naar binnen te gaan omdat de Duivel daar woont. Ik roep naar hem, maar hij lijkt mij niet te kunnen horen. Vlak voordat hij de deur opent, kijkt hij nog even achterom en wijst naar het symbool in het zand. Dan sluit de deur zich. Ik kijk omhoog. De boom is dood.

Die middag heb ik een afspraak met een professor in de astrofysica. Ik wil hem spreken om meer te weten te komen over hoe Universa, sterrenstelsels, zwarte gaten, enzovoort werken. Professor Daniel Lichtenberg is precies de man die mij alles over deze complexe materie kan vertellen. En meer dan dat, aangezien hij niet alleen een harde wetenschapper is, maar ook veel weet over astrologie, alchemie en esoterische kennis heeft.

'Thee?'

'Graag.'

'Momentje, ik ben zo terug.'

Terwijl de professor in de keuken bezig is, bewonder ik zijn boekenkast. Er is een hele plank gewijd aan Hermes Trismegistus, waarvan wordt gezegd dat hij een van de grootste leraren van de mensheid was. Deze mysterieuze figuur was alchemist, wiskundige, architect, botanist, taalkundige, genezer, sterrenkundige en nog veel meer. De oude Egyptenaren kenden hem ook en noemden hem Thoth. Volgens hen bracht Thoth hen de kennis om verbazingwekkende structuren te bouwen, zoals de Grote Piramide en de Sfinx op het Giza Plateau. Ik blader door een van de boeken en ineens valt mijn blik op een symbool dat ik herken. Het is het symbool dat John mij liet zien. Wanneer professor Lichtenberg terugkomt met thee vraag ik hem of hij de betekenis ervan kent.

'Laat mij eens kijken. Oh ja, dat is een Amenta, het symbool dat de Egyptenaren gebruikten voor de onderwereld, het land van de doden. Waarom wil je dat weten?'

'Dit klinkt misschien wat vreemd, maar ik droomde vannacht over dit symbool. John Lennon verscheen in mijn droom en tekende dit in het zand.'

'Werkelijk? Wat bijzonder dat John Lennon in je droom verschijnt. Ik ben groot fan van de man.'

'Ah, u bent een man naar mijn hart. Ik beschouw The Beatles als een van de zeven wereldwonderen. Voor mij staan ze op dezelfde hoogte als de Grote Piramide en de Hangende Tuinen van Babylon.'

'Haha, zo heb ik The Beatles nooit bekeken, maar ik ben het wel met je eens. Ik heb ooit in een antiek document gelezen dat er, wanneer de mensheid in een penibele situatie terecht was gekomen, vier engelen zouden komen om licht te brengen. Misschien kwamen die engelen uit Liverpool.'

'Hoe bedoelt u?'

Professor Lichtenberg gaat tegenover me zitten een steekt van wal: 'Gedurende de jaren zestig was er een conjunctie van planeten die makkelijk tot een wereldwijde catastrofe had kunnen leiden. Ik verwachtte iets immens, maar tot mijn verbazing gebeurde er niets. Ik begreep het niet en bestudeerde telkens weer mijn astrologische charts. Wat zag ik over het hoofd? Op een dag viel het kwartje. De interventie kwam niet van de sterren, maar van de Aarde. De impact die The Beatles hadden op de stemming van de mensheid, had de koers van de geschiedenis veranderd.'

'The Beatles hebben een wereldwijde ramp voorkomen?'

'Ja, ik vermoed dat het geluk, de vreugde en de opwinding die zij veroorzaakten, de spinsnelheid van de atomen deed toenemen. Zij creëerden een verhoogde trilling. De Aarde accelereerde omdat de mensheid feest begon te vieren. Doordat wij in een hogere frequentie terechtkwamen, stapten we uit de destructieve tijdlijn die mijn charts liet zien, en creëerden een nieuw tijdpad voor de mensheid. Wil je trouwens wat chocola bij je thee?'

'Nou graag.'

Hij loopt naar zijn bureau en pakt een gouden doos, van precies dezelfde soort als die van Time Bender in Amerika.

'Hee, die heb ik eerder gezien. Dat zijn helende pastilles, nietwaar?'

'Ja, ze worden Chocolights genoemd en worden in een fabriek niet ver van hier gemaakt.'

Hij wacht tot ik mijn chocolaatje op heb en kijkt naar me. Het heeft een kalmerend en verzachtend effect. Ik adem diep in en glimlach.

'Wow, wat zit er in deze chocolaatjes?'

'Het is een alchemistisch proces.'

'Waar kan ik ze krijgen?'

'Ik zal je het adres geven voordat je vertrekt.'

'Dank u.'

Ik begin te begrijpen dat het niet toevallig is dat ik bij professor Lichtenberg ben. Voordat ik hem ga vragen hoe het Universum in elkaar steekt, wil ik meer weten over John Lennon: 'Mag ik u iets vragen? Het gaat over iets dat me al jaren bezighoudt. Misschien kunt u mij helpen. Toen John Lennon werd vermoord, was ik daar erg van ondersteboven en bestudeerde zijn songteksten. De woorden van de laatste songs die hij schreef, waren nogal heftig, alsof hij voorvoelde dat er iets met hem zou gebeuren. Denkt u dat hij wist dat hij zou sterven?'

'Wel, ik weet in ieder geval zeker dat hij zich bedreigd voelde. Hij had natuurlijk een hoop invloed. Zijn politieke publiciteitsstunts zoals de *War is Over* campagne sprak miljoenen mensen van over de hele wereld aan. Hij had rechtstreeks toegang tot de mondiale media. Voor sommige mensen was hij de gevaarlijkste man op Aarde. Hij stond onder constant toezicht van de FBI. Zijn appartement werd in de gaten gehouden, hij werd gevolgd en zijn telefoon werd afgeluisterd. Zijn belagers hielden zich daarbij bepaald niet op de achtergrond en probeerden hem bewust bang te maken. John vertelde niet lang voor zijn dood aan een vriend dat, als er iets met hem of Yoko zou gebeuren, dat geen ongeluk zou zijn.'

'Is hij vermoord omdat hij een bedreiging vormde voor de heersende macht?'

'Dat denk ik wel, ja. Lennon rammelde aan hele duistere kooien.'

'Dus u zegt eigenlijk dat de man die hem vermoordde niet een verwarde dwaas was die aandacht wilde hebben, zoals de media beweerden, maar iemand die hem uit de weg wilde ruimen vanwege zijn macht?'

'Ik geloof niet dat Mark David Chapman wist wat hij deed. Hij was ook zeker niet uit op aandacht. Hij wílde niet eens met de pers praten. Volgens detective O'Connor, de eerste die met Chapman op het plaats delict sprak, zag hij eruit alsof hij was geprogrammeerd. Hij gedroeg zich als een zombie. Hij bleef daar maar rondhangen en wachtte op de politie om hem te arresteren.'

'Heeft Chapman ooit iets gezegd over waarom hij de moord pleegde?'

'Er is een documentaire van de BBC waarin hij zegt dat hij in zijn hoofd steeds opnieuw hoorde: "Doe het, doe het, doe het". Hij herinnert zich niets van het moment dat hij de trekker overhaalde. Hij kende niet eens het woord voor trekker.'

Direct na mijn interview met Daniel Lichtenberg rij ik door naar de Zuidas. Als er iemand verantwoordelijk is voor de moord op John Lennon, dan is het Hidden Hand. Ik wil weten wat hij hierover te vertellen heeft. Ik voel een grote gerechtvaardigde woede in me opborrelen en wil hem hiermee confronteren.

De lobby van het gebouw is nog steeds angstvallig verlaten en dit keer is zelfs de strenge secretaresse in geen velden of wegen te bekennen. Ik wacht een paar minuten en loop dan naar de lift. De deuren staan open en ik druk op de knop naar de bovenste verdieping. Het wordt weer koud. Wanneer de deuren opengaan, zie ik Hidden Hand achter zijn bureau zitten. Hij kijkt naar me alsof hij mij verwachtte.

'Ga zitten.'

'Dank u. Sorry dat ik zo kom binnenvallen, maar er is iets waarover ik met u zou willen spreken. Het houdt me al jaren bezig: de dood van John Lennon. Heeft u die moord georkestreerd?'

Hij fronst zijn wenkbrauwen in een gebaar van ongeloof over zo veel onnozelheid en ontwijkt mijn vraag met een indirect antwoord: 'Kennelijk begrijp je nog steeds niet met wie je te maken hebt. De wezens die jullie regeringen controleren zijn zo ver afgedreven van hun ware aard, dat zij niet langer toegang hebben tot hun inherente natuurlijke levenskracht. Zij hebben geen enkele intentie om terug naar huis te gaan en leven in plaats daarvan op de voeding van negatieve energie. Zij leven op jullie energie door jullie te terroriseren.'

Ik besluit niet al te hard aan te dringen en volg zijn redenering: 'Dus eigenlijk zijn deze wezens net zo gevangen in dit Spel als wij?'

'Dat is correct. Zij zitten gevangen in de vierde dimensie negatieve cyclus. Zij *moeten* jullie oogsten, aangezien er geen negatieve oogst is voorbij deze dichtheid.'

'Oké, ik begrijp dat deze wezens ons in een negatieve spiraal moeten houden om zich met onze angst te voeden, maar wat bedoelt u met een negatieve oogst?'

'Een oogst is een specifieke tijd in de grote Kosmische Cyclus waar vernieuwing plaatsvindt. Op dit moment is jullie planeet aan het ascenderen naar de vierde dichtheid. Tijdens deze ascentie zal er een drievoudige splitsing zijn voor de zielen die op Aarde wonen. Degenen die voornamelijk negatief gepolariseerd zijn, zullen met ons meegaan wanneer wij evolueren door de negatieve - of Dienstbaar aan Jezelf - oogst. Wij, Lucifer, moeten dan hard werken om het karma, opgedaan door alle negativiteit die wij op deze planeet hebben veroorzaakt, af te lossen. Wanneer we dat eenmaal hebben gedaan, zullen we vrij zijn om opnieuw onze plek in te nemen als zesde dimensie leraren van wijsheid voor dit hele melkwegstelsel.'

'Hoe zit het met degenen die positief georiënteerd zijn?'

'Degenen die meer positief georiënteerd zijn geweest - Licht en Liefde - zullen evolueren naar een prachtige nieuwe vierde dimensie Aarde, waar jullie zullen werken aan het leren leven vanuit liefde en compassie. Het zal een hele mooie en gouden eeuw voor jullie zijn. De vierde dichtheid zal jullie openen voor jullie ware krachten als unieke geïndividualiseerde aspecten van de oneindige Schepper. Het zal een heel magische tijd voor jullie zijn.'

'En degenen die tussen de twee polariteiten in zitten?'

'De lauw-warmen zullen een periode van nulpunt-tijd ervaren die extatisch zal zijn. Zij zullen zich helemaal één voelen met de Schepper, wat hen een bemoedigende herinnering geeft en een glimp van wie ze werkelijk zijn voordat de sluier van vergetelheid nogmaals op hen zal neerdalen.'

'Dus, zij zullen zelfs niet merken dat er iets is gebeurd?'

'Dat klopt. Wanneer de transitie volledig is voltooid, zal de nulpunt-tijd eindigen en komen zij in hun nieuwe Spel-omgeving terecht. Zij zullen er hetzelfde uitzien, hetzelfde denken, hetzelfde voelen, enzovoort. Het zal zijn alsof ze een mystieke ervaring hebben gehad en vervolgens zal het leven voor hen doorgaan alsof er niets is gebeurd: dezelfde huizen, familiesituaties, banen, vrienden, geliefden. Zij zullen zich de Grote Oogst niet herinneren en de Aardeveranderingen die plaatsvonden toen de planeet zichzelf genas en regenereerde. Maar zij zullen zich wel de mystieke ervaring herinneren, en dat zal hen hoop geven en een nieuwe gelegenheid om een meer positieve toekomst voor zichzelf te kiezen.'

Ik begrijp dat Hidden Hand zich aan zijn deel van de deal moet houden. Hij moet zo negatief zijn als mogelijk om te slagen en van 3D naar 4D te ascenderen. Maar het Spel dat hij beschrijft, lijkt heel oneerlijk: 'Jullie zijn zo geavanceerd op het gebied van hersenspoeling, genetische manipulatie, ruimte-tijdreizen, robotica, implantaten, elektronische rasters en al dat soort zaken, dat onze positie nogal hopeloos lijkt. En elke keer dat iemand hier ontwaakt en zijn kop boven het 3D-maaiveld uitsteekt, wordt die in koelen bloede vermoord, zoals jullie met John Lennon hebben gedaan.'

Hij zucht een beetje geïrriteerd en zegt: 'Je bekijkt het nog steeds vanuit een verkeerd standpunt. Zie dit soort zaken als een test. Is het je ooit opgevallen dat je, juist wanneer je denkt dat je iets hebt gevonden dat als "waar" voelt, er iets gebeurt dat je direct doet twijfelen? Dat gebeurt de hele tijd. En dat is niet toevallig, maar deel van het ontwerp van dit Spel. Jullie kunnen dit echter niet zien, omdat het plaatsvindt in een dimensie voorbij de 3D-realiteit waarin jullie gevangen zitten. Wanneer je het grote plaatje zou zien, zie je dat alles met alles samenhangt, dat er synchroniciteit is. Het is allemaal toe te schrijven aan de magie van onze oneindige Scheppers ingenieuze creatieve geest en geweldige gevoel voor humor en ironie.'

Mijn bloed begint zo langzamerhand te koken: 'Dus het vermoorden van John Lennon kwam voort uit een geweldig gevoel voor humor en ironie en was een test voor ons?'

'Je begint het te begrijpen. Ik weet dat je boos en verontwaardig bent, maar kun je zien hoe een test werkt? Wanneer je iets vindt dat je als "waar" ziet en het wilt integreren in je geloof-systeem, word je daarop direct getest in de vorm van een gebeurtenis die je doet twijfelen aan je nieuwe waarheid.'

Hij leunt achterover en neemt me op. Dan: 'Hoe kun je ooit weten of je nieuw ontdekte waarheid echt waar is, als je er niet in wordt uitgedaagd en op wordt getest? De test voor waarheid is deze: in weerwil van de test waaraan je wordt onderworpen, blijf je achter je nieuwe waarheid staan, achter datgene dat jij diep vanbinnen ervaart als werkelijk waarachtig, of ga je twijfelen en zwalken?'

Ik voel me heen en weer geslingerd door zijn slimme woorden en begin zo langzamerhand aan alles te twijfelen: 'Ik weet eerlijk gezegd niet meer wat waar is of niet. Ik bedoel, kijk naar mij! Hier zit ik dan te luisteren naar de Meester van Misleiding, en vraag hem - *of all people* - om advies over hoe ik waarheid van valsheid kan onderscheiden. Ik lijk wel gek! Deze testen waar u het over heeft, voelen voor mij niet bepaald als testen, maar eerder als bestraffingen.'

Hij geeft geen antwoord, maar pakt een lange, elegante sigaar uit een zilveren kistje en steekt die rustig aan. Wanneer die brandt, blaast hij ringen richting het plafond. Hij laat de spanning tussen ons hangen en kijkt door de blauwe rook met een ironische grijns naar me. Hij lijkt te genieten van mijn verwarring en is nog een tijdje stil.

Net als ik er genoeg van heb en aanstalten maak om op te staan, zegt hij: 'De wet van karma is geen bestraffing. Het is een middel om te leren, in dit Spel gebracht om persoonlijke groei en ontwikkeling te bewerkstelligen. Als je de consequenties van je handelingen voelt, is er een grotere kans dat je de volgende keer een andere koers zal varen. Een karmische cyclus komt pas tot voltooiing wanneer de lessen zijn geleerd die je moest leren. Als je dezelfde fouten blijft herhalen, zul je net zo lang in die cyclus blijven totdat de boodschap doordringt. Zorg er daarom voor dat het effect van jouw aanwezigheid op degenen die je gedurende jouw reis tegenkomt, positief en gunstig is.'

Ik kijk hem vol ongeloof aan en zeg: 'Vertelt u - degene die er plezier in schept om dood en verderf te zaaien - mij nu dat ik een positieve houding moet hebben ten aanzien van mensen die ik ontmoet en hen niet moet beschadigen? Hoe kunt u, die in koelen bloede John Lennon vermoordde, zoiets zeggen en waarom zou ik dat van u moeten aannemen?'

Hij glimlacht nu niet meer, maar kijkt me aan met die donkere, glinsterende ogen. En ineens weet ik het weer: dit is Lucifer! Ik krimp ineen onder zijn demonische en dwingende blik en voel me tot op het bot verkillen. Snel zeg ik: 'Het spijt me, neem me niet kwalijk. Het punt is dat ik nooit over de dood van Lennon heen ben gekomen. Hij was me zo dierbaar. Hij voelde als een ware vriend.'

Hij wendt zijn blik af en knikt.

Hij is weer stil en ik heb de indruk dat hij afweegt hoe hij zal reageren op mijn heftige emoties. Wanneer hij verdergaat, is zijn stem wat milder: 'Jullie denken dat wij dit Spel leuk vinden, maar je dient te begrijpen dat negatief gepolariseerd zijn heel moeilijk voor ons is. Niet op het fysieke niveau; de karakters die wij spelen, genieten van hun rollen aangezien zij zo zijn geprogrammeerd. Maar op spiritueel niveau is het moeilijk. Het lijkt wreed, maar de enige manier voor ons om uit deze cyclus te komen, is om zo negatief als mogelijk te zijn. Wij hebben niet de luxe ervoor te kiezen om positief te zijn, want dat is niet datgene waarvoor wij hier kwamen en de afspraak die wij hebben gemaakt om jullie te helpen in jullie evolutie.'

Hij valt weer stil en blaast ringen naar het plafond. Dan vervolgt hij zijn pleidooi om begrip en voor het eerst lijkt hij een beetje kwetsbaar: 'Je moet begrijpen dat wij negatief *moeten* zijn. Als wij geen negatieve oogst creëren, zullen we nog een volgende cyclus aan jullie gebonden zijn. Dat is niet in jullie - en ons - belang. Je moet leren inzien, dat de rol die wij spelen precies hetgeen is waarvoor wij hiernaartoe zijn gestuurd. Het contract dat wij zijn aangegaan is jullie te helpen door jullie een katalysator te bieden. Dat is ons offer aan jullie.'

Dan recht hij zijn rug, neemt weer een formele houding aan en zegt: 'Onze tijd is op. Ik moet weer heel wat nare dingen doen om dit gesprek te compenseren. Je zult spoedig weten wat die zijn.'

11. SASHA

'It was the darnedest thing I've ever seen. It was big, it was very bright, it changed colors and it was about the size of the moon. We watched it for ten minutes, but none of us could figure out what it was. One thing's for sure, I'll never make fun of people who say they've seen unidentified objects in the sky.'

Jimmy Carter, voormalig president
van de Verenigde Staten.

De week na mijn bezoek aan Hidden Hand is een van de meest vreselijke die ik mij kan herinneren. Bijna elke dag gaat ergens een bom af, is er een aardbeving, raast er een storm, valt een regering, loopt een demonstratie uit de hand, of worden mensen tijdens ernstige ongelukken gedood. Mijn eigen gezondheid gaat ook snel achteruit. Ik krijg hoge koorts, kan geen voedsel of drank binnenhouden en ren constant naar het toilet. De dokter die ik bezoek, zegt dat het een virus is die ik uit Colombia heb meegenomen en schrijft sterke medicijnen voor.

Is dit het werk van Hidden Hand, zo vraag ik mij af terwijl ik ijlend naar het plafond staar? En als dat zo is, moet ik mijzelf dat dan kwalijk nemen? Ik neem tenslotte steeds tijd van hem in beslag - tijd die hij vervolgens weer moet compenseren met nog ergere gruweldaden. Maar dan - tijdens een helder moment - realiseer ik me dat ik niet zo moet denken. Bijna was ik weer ten prooi gevallen aan het schuld-schaamte-boete-programma waar Yahweh ons mee opzadelde toen hij ons uit zijn Paradijs gooide. Ik begin in te zien dat veel van mijn gedachten, emoties en handeling voortkomen uit de destructieve conditionering van de Zondeval.

Als Adam en Eva er destijds inderdaad voor kozen om van de Boom van Kennis te eten, omdat zij deel wilden uitmaken van de Boom des Levens, is dat dan verkeerd, slecht en zondig? Wat kan er in godsnaam verkeerd aan zijn om te willen groeien, evolueren en je volledige potentieel te willen leven? Als dat de grote misdaad van de mensheid is, dan pleit ik schuldig en ben er trots op! Yahweh kan de pot op.

Deze gedachten dwarrelen door mijn hoofd wanneer ik enkele dagen later over de A5 richting Haarlem rij. Ik voel me nog steeds ziek, maar laat me niet kisten. Ik heb twee aspirines genomen en een sterke bak koffie. Die moeten me voor een paar uur op de been houden om mijn afspraak na te komen om een interview te doen met de mensen van de Chocolights-fabriek nabij Haarlem. Ik kreeg het adres van Daniel Lichtenberg en toen ik belde om een afspraak te maken, was ik direct welkom.

Wanneer ik op een nogal troosteloze ochtend rond tienen het terrein op rij, zie ik de fabriek in de verte liggen. Het gebouw ziet er futuristisch uit, maar niet kil. Het is juist heel stijlvol en lijkt licht uit te stralen. Ik parkeer de auto en loop naar de ingang die openstaat. Achter de balie zit een prachtige jonge vrouw met helderblauwe ogen, lang blond haar en gekleed in een blauw catsuit van een bijzondere elastische stof.

Ze glimlacht innemend en wanneer ik mijn hand uitsteek om haar te begroeten, pakt ze die met beide handen vast.

Ze zegt niets maar kijkt me zeker tien seconden alleen maar aan. Haar glimlach doet me haast smelten en ik voel me een stuk beter dan enkele minuten geleden. Zelfs de hoofdpijn neemt enigszins af.

Met een stem die klinkt als een klaterend bergbeekje zegt ze: 'Hartelijk welkom. Dank je dat je bent gekomen. Mijn naam is Walaya. Mag ik je jas aannemen?'

'Dank je wel, Walaya,' zeg ik terwijl ik denk: Wow, als deze chocolaatjes op mij dezelfde uitwerking hebben als op haar, dan ben ik nu al verslaafd.

Ze lijkt mijn gedachten te lezen, want kijkt me plagerig aan. Dan neemt ze mijn arm en zegt lachend: 'Volg mij maar.'

Ik word door een lange gang geleid die is vervaardigd uit een glanzende soort steen. Het ziet eruit als marmer, maar is veel transparanter, zoals kristal. De muren lijken licht uit te stralen zonder een zichtbare bron. Op weg naar het einde van de gang, masseert ze zachtjes mijn arm. Haar manier van doen is zo vrij, zo zwoel en sensueel dat het even door mijn hoofd schiet dat ik misschien niet op de juiste plek ben. Is dit misschien een soort luxe seks-oord? Op dat moment kan ik nog niet weten dat ik enkele uren later luid kreunend boven op Walaya zal liggen.

Aan het eind van de gang is een grote zilverkleurige deur. Hij opent vanzelf als we naderen en Walaya laat me voorgaan. Ik sta nu in een grote witte hal die meer lijkt op een ruimteschip dan op een chocoladefabriek. Ik kijk achterom en zeg: 'Wow, is dit waar jullie de Chocolights maken?'

'Onder andere. Die grote bassins bevatten de verschillende ingrediënten die in specifieke doses worden gemengd in deze kristallen machines.'

'Zijn die van kristal gemaakt?'

'Inderdaad, maar niet het soort kristal dat jullie hier op Aarde kennen. Waar ik vandaan kom, worden kristallen voor heel veel doeleinden gebruikt.'

Voordat ik kan vragen waar zij vandaan komt, stappen verschillende mensen aan de andere kant van het vertrek de ruimte binnen. De eerste is een vrouw die sprekend op Walaya lijkt, alleen is zij iets ouder. Ze draagt hetzelfde soort outfit als Walaya, maar in een diepere kleur blauw. Haar ogen lijken licht te geven en zijn haast goudkleurig.

Achter haar loopt een man die waarschijnlijk net zo oud is als Walaya. Ook hij is blond, haast platinakleurig, heeft diepblauwe ogen en is bijzonder atletisch gebouwd. Als laatste stapt een bekend gezicht het vertrek binnen. Ik kan mijn ogen niet geloven. Het is Time Bender.

'Time Bender, wat ben ik blij u weer te zien. Bent u het echt?'

Ik herken zijn gezicht, maar hij ziet er jaren jonger uit dan de eerste keer dat wij elkaar ontmoetten in Amsterdam. Time Bender lacht vriendelijk, loopt naar me toe en reikt me de hand.

'Hallo, jonge vriend. Ik zal zo alles aan je uitleggen, maar eerst wil ik je aan mijn Pleiadische vrienden voorstellen. Walaya heb je al ontmoet. Graag stel ik je voor aan Sasha en Layan.'

Sasha kijkt me diep in de ogen en masseert ondertussen de palm van mijn hand. Layan maakt een hoffelijke buiging en zegt: 'Het is een eer om u weer te ontmoeten, sir. Ik verheug me erop om deze missie nu tot een goed einde te brengen. Leuke outfit hebt u gekozen trouwens, als ik zo vrij mag zijn.'

Ik kijk naar mijn kleding en zie niet zoveel bijzonders. Dan dringt het tot me door dat hij het niet over mijn kleding heeft, maar over mijn lichaam. Ik moet nu echt even gaan zitten. Walaya brengt me een grote kelk - ook van kristal, denk ik - met daarin een donkerblauwe drank.

'Hier, neem hier eerst een paar slokken van en neem vooral ook een Chocolight. Kies er maar een die je aanspreekt.'

Ik kijk in de gouden trommel op tafel en kies er een met

het symbool van twee slangen die om elkaar heen dansen. Ik stop het tablet in mijn mond en sluit onwillekeurig de ogen. De chocolade smelt op mijn tong en geeft me een heerlijk sensueel gevoel. Ik kan nauwelijks meer denken, alle energie lijkt zich naar mijn onderbuik te bewegen en even ben ik bang een erectie te krijgen.

In plaats van gegeneerd weg te kijken, kijkt Sasha naar de plek waar mijn broek begint af te tekenen. Ze lacht hartelijk en zegt: 'Goed zo, ik zie dat je je al een stuk beter voelt.'

Time Bender ziet het tafereel geamuseerd aan en redt me door zonder te kijken in de chocoladetrommel te grijpen en een zeer donker exemplaar aan mij te geven. 'Hier,' zegt hij, 'probeer deze maar eens.'

Ik stop het zwarte tablet in mijn mond en krimp haast in elkaar. Het is intens bitter en doet me denken aan Ayahuasca. Time Bender wacht tot het bittere goedje in mijn slokdarm is verdwenen en zegt dan: 'De beste medicijnen zijn vaak bitter. We leren van pijn, en pijn helpt ons helen. Maar dat betekent niet dat je moet lijden, zoals jullie onterecht is aangeleerd. Je hoeft niet ziek te worden, of zelfs oud te worden, zoals je kunt zien aan mijn verschijning. Het idee van oud worden en sterven, is een concept dat in jullie is geprogrammeerd. Het is mijn bedoeling dat programma ongedaan te maken.'

Walaya en Layan zijn tegenover ons gaan zitten. Ze houden elkaars hand vast en glimlachen me bemoedigend toe. Ze komen me op de een of andere manier bekend voor, maar ik weet zeker dat ik ze nooit eerder heb ontmoet. Dat zou ik me beslist herinneren. Het lijkt er echter op dat ze mij wel kennen en vol verwachting naar me kijken om te zien of het kwartje valt.

Walaya is de eerste die spreekt: 'Wij hebben de lessen waar Time Bender over spreekt al lang geleden onder de knie gekregen. Toen jullie nog oorlog na oorlog aan het uitvechten waren, zijn wij een andere kant op gegaan en hebben ons vooral gewijd aan spirituele beoefening en vreedzame co-existentie. Daarom zien wij er ook een beetje anders uit dan jullie. Hoe oud denk je dat ik ben?'

'Uhm, ik schat je ergens halverwege de dertig.'

Layan lacht uitbundig en zegt: 'Bijna. Ze is driehonderdvijftig.'

'Mag ik nog een chocolaatje alsjeblieft, bij voorkeur van het soort dat Walaya ook heeft gegeten?'

Ze lachen nu allemaal en ik heb zowaar het gevoel onder oude vrienden te zijn. Zoals altijd houdt Time Bender me bij de les: 'Wanneer je jouw programmering omtrent wie je denkt te zijn zou veranderen, zou je niet langer ziek worden en sterven. Het is een kwestie van je mindset veranderen.'

Ik kijk hem ongelovig aan, maar hij vervolgt onverstoorbaar: 'Je moet begrijpen dat de mind niet in je lichaam is, zoals jullie denken, maar andersom: het lichaam is in de mind. Als je mind verandert, verandert je lichaam.'

'Zo, dat is inderdaad wat je noemt een eyeopener! Mijn lichaam zit dus in mijn mind?'

'Sterker nog: *alles* zit in de mind. Waar anders zou het kunnen zijn?'

Schaapachtig haal ik mijn schouders op. Time Bender negeert het gebaar en zegt: 'Jouw volgende opdracht gaat over het verbreden van de bandbreedte van je mind. Het idee is om jou en jullie te ontdoen van de beperkende gedachten-concepten die in jullie zijn geïnstalleerd. Hierdoor is niemand op Aarde nog zichzelf. De meeste mensen leven helemaal niet, maar worden geleefd. Ze staan op de automatische piloot. Ze zijn geprogrammeerd als machines.'

'Hoe kan ik die beperkende concepten herkennen en verwijderen?'

Layan geeft antwoord: 'Op een hoger niveau van bestaan dan waarin u zich nu bevindt, is het leven opgebouwd uit codes, getallen en symbolen. Wanneer jullie toegang krijgen tot deze codes zijn jullie in staat om jullie systeem te herprogrammeren. Je kunt zijn wat je maar wilt. Wanneer je toegang hebt tot de codes ben je in staat om de realiteit te herstructureren en de tijd te buigen.'

'Wow, heel interessant. Maar Layan, je hoeft echt geen u tegen mij te zeggen hoor.'

'Ach, zo ben ik het gewend. Ik heb zo veel van u geleerd en zo lang onder u gediend, dat ik het raar zou vinden om u nu ineens te tutoyeren. Maar als u erop staat, zal ik je zeggen.'

'Fijn, dank je. Ik heb trouwens geen idee waar je het over hebt, maar dit terzijde. Staan de codes en symbolen waar jullie het over hebben, afgebeeld op de chocolaatjes?'

Sasha knijpt in mijn arm en zegt: 'Heel goed. Wij zijn hiernaartoe gekomen om jullie te helpen de codes te activeren. Een van de manieren om dat te doen, is middels deze chocola. De symbolen die er op staan afgebeeld, zijn een soort taal. Symbolen zijn manieren om informatie over te dragen. Het is een vorm van leren zonder te denken, als een Kosmische download.'

Time Bender leunt naar voren en steekt een waarschuwende vinger op. 'Dat is waar,' zegt hij, 'maar het proces begint met het openen van je geest voor de mogelijkheid dat het inderdaad mogelijk is om deze informatie te downloaden. Je moet het *geloven*, anders kan het niet gebeuren. Je moet uit het paradigma van "eerst zien, dan geloven" stappen en het omdraaien: "eerst geloven, dan zien". Dat is waarom jouw volgende opdracht gaat over het bewust worden van je geconditioneerde geest. Pas wanneer je je bewust bent van een specifiek programma of implantaat, zul je in staat zijn om het te ontmantelen. Hier, neem nog een chocolaatje.'

Ik pak - blind dit keer - een pastille uit de gouden trommel. Ik kijk naar de inscriptie en zie dat het 't symbool is dat

John Lennon liet zien: het symbool van de onderwereld. Ik aarzel voordat ik het in mijn mond stop en zeg: 'Weet u zeker dat ik deze nodig heb?'

Time Bender kijkt streng en zegt: 'Stop het in je mond, voor het heil van de mensheid.'

'Oké, als u het zo brengt.'

Ik sluit mijn ogen en leg het op mijn tong. Het begint te sissen en te branden. Mijn neus vult zich met een geur van verrotting en dood en ik voel dat ik haast moet overgeven. Ik trek een erg vies gezicht tot groot vermaak van de aanwezigen. Dan begin ik te hoesten, niezen en boeren - allemaal tegelijk.

'Goed zo,' zegt Sasha, terwijl ze bemoedigend op mijn rug klopt. 'Hou je niet in. Je bent oude, traumatische imprints aan het loslaten.'

Wanneer het ergste voorbij is, veeg ik de tranen uit mijn ogen en drink een groot glas water. Mijn nieuwe vrienden wachten rustig tot ik ben hersteld. Dan staat Sasha op uit haar stoel en loopt naar het raam met uitzicht op de tuin. De stemming lijkt ineens om te slaan, want de andere drie kijken enigszins gespannen naar haar rug, alsof ze al weten dat er nu iets belangwekkends gaat gebeuren.

Wanneer Sasha zich weer naar ons toedraait, is haar gezicht niet meer vrolijk. Ze lijkt bedrukt, alsof er een last op haar schouders rust. Dan wendt ze zich naar mij en zegt: 'Ik wil eerlijk tegen je zijn over de reden waarom we hiernaartoe zijn gekomen. Wij zijn hier niet alleen om jullie te helpen jezelf te bevrijden, maar ook voor onze eigen redding. Zie je, in het verleden hebben wij een grote vergissing jegens jullie begaan. Wij hebben ingegrepen in jullie Vrije Wil toen jullie door de fotongordel reisden, zo'n dertienduizend jaar geleden. Deze nevel van elektromagnetische energie creëerde zo'n opschudding dat jullie polen begonnen te verschuiven, wat een ijstijd inluidde. Wij konden jullie angst en pijn voelen. Wij waren zozeer betrokken bij jullie, dat we trachtten jullie te redden door groepen van jullie naar veiliger gebieden te leiden en sommigen van jullie zelfs van de planeet te halen tijdens de meest intense schokken.'

Ze slaat haar ogen neer en staart naar haar voeten. Dan: 'Wij begrepen toen niet dat we ingrepen in een potentiële kwantumsprong van bewustzijn. Deze ervaring was een geweldig leermoment voor jullie en een noodzakelijke katalysator. Wij begrepen niet dat jullie in een balancerend proces zaten, aangezien wij zulke processen zelf niet ervaren. Wij waren niet langer alleen compassievol, maar verschoven richting medelijden.'

Ze kijkt weer op en moet zichtbaar haar best doen om mij recht aan te kijken. 'In jullie verwarring dachten jullie dat wij goden waren en voor de eerste keer in jullie geschiedenis zagen jullie jezelf als slachtoffers. Jullie slipten uit het eeuwige nu, juist op het moment toen jullie er klaar voor waren om jullie eigen ervaring te claimen en de extase te voelen van Gaia die haar polen verschoof. Net toen jullie er klaar voor waren om angst te transcenderen, hebben wij jullie proces gestopt. Wij zullen dit nooit meer doen.'

Ze slikt en voegt met een verstikte stem toe: 'Wij willen onze oprechte verontschuldigen aanbieden aan jou en de schitterende inwoners van de Aarde. Ik hoop dat je onze excuses wilt aanvaarden en ons de gelegenheid wilt geven onze fout goed te maken.'

Haar ogen zijn volgelopen met tranen. Ik heb met haar te doen en zou naar haar toe willen gaan en een troostende arm om haar heen willen slaan. Maar iets houdt mij tegen. Ik begrijp dat ik - wanneer ik dat zou doen - ook in medelijden terecht zou komen en dezelfde fout zou maken als zij destijds deden, zij het niet met zoveel gevolgen.

Aan de andere kant van de tafel zie ik dat ook Layan en

Walaya tranen wegvegen. De Pleiadiërs zijn een bijzonder emotioneel ras, die niet bang zijn om hun gevoelens en emoties te tonen. We zijn een tijdje stil en ik laat de woorden van Sasha op me inwerken. Omdat niemand iets zegt, besluit ik de stilte te doorbreken.

'Dank je wel Sasha, dat je zo eerlijk bent. Ik zie dat deze gebeurtenis van duizenden jaren geleden een grote impact op jullie heeft gehad - en op ons, al kan ik die impact nu nog niet overzien. Uit je woorden maak ik op dat de evolutie van onze rassen sterk met elkaar is verbonden.'

'Ja, door onze destructieve interventie in jullie evolutie verordonneert de spirituele wet dat wij gebonden zijn aan jullie groei. Dat betekent dat wij niet door kunnen evolueren totdat wij jullie op een positieve manier hebben geholpen. Wat er feitelijk is gezegd, is dat wij jullie moeten helpen om op gelijke evolutionaire hoogte te komen als wij, voordat wij ons verder kunnen ontwikkelen.'

'Jullie zitten dus vast?'

'Inderdaad, zo zou je het kunnen zien. Onze beschaving, die vanuit jullie perspectief bekeken in de toekomst leeft, is in gevaar. We zijn gestagneerd. Zonder jullie ontwikkeling kunnen wij ook niet verder en zijn we ten dode opgeschreven. Dit is waarom wij zo vurig hopen dat jullie de waarde van jullie ras in gaan zien. Wanneer jullie dat doen, zullen jullie vanzelf de kosmische codes afgeven die jullie in je lichaam herbergen. Wanneer deze formules vrijkomen, zullen ook wij die kunnen gebruiken om verder te groeien. Deze codes bevatten de liederen van jullie en onze vrijheid, gezongen als frequentie en uitgestuurd vanuit de cellen van jullie lichamen.'

'Hoe prachtig!'

'Ja, er ligt glorieuze informatie hier op Aarde in jullie opgeslagen, informatie waar wij en het hele Universum intens naar verlangen en zelfs naar snakken. De codes bevatten namelijk formules voor het kopiëren van leven. Jullie, de menselijke wezens, fungeren als de sleutels tot de Levende Bibliotheek. Alle informatie die is opgeslagen in de bibliotheek van de Aarde is via jullie toegankelijk.'

Sasha gaat naast mij zitten en glimlacht door haar tranen heen. Ze is duidelijk opgelucht, maar ze wil er zeker van zijn dat ik de boodschap heb begrepen. Opnieuw neemt zij mijn hand in die van haar.

'Dank dat je naar mij hebt geluisterd. Het betekent heel veel voor mij en voor ons. Wij kunnen van jullie leren: jullie zijn ons verleden. Jullie kunnen van ons leren: wij zijn jullie toekomst. Maar wij zullen onze hulp niet aan jullie opdringen, zoals we dat dertienduizend jaar geleden deden. Als jullie onze hulp willen ontvangen, moeten jullie daar specifiek om vragen.'

'Oké. Hierbij vraag ik officieel en specifiek jullie hulp bij het vervullen van mijn opdracht.'

Ze lachen nu alle vier breeduit naar me. Ik begin te blozen van zo veel liefdesbetuigingen en schraap mijn keel. 'Goed, zo is het wel genoeg. Wat is de volgende stap?'

'Wanneer de Aarde in een frequentie wordt geschoten waardoor het mogelijk wordt dat de Levende Bibliotheek in haar volledige functie terugkeert,' zegt Sasha, 'zal jullie twaalf strengen DNA worden hersteld, evenals jullie volledige hersencapaciteit.'

'Cool.'

'Maar nogmaals: dit kan alleen gebeuren als jullie je eigen waarde gaan inzien. Jullie worden door velen in dit Universum gezien als de parels van de schepping. Jullie dragen de potentie van de gehele schepping in jullie. Dat is de reden waarom er al zo lang zo veel strijd rondom jullie en de Aarde is gevoerd: het ging om de waarde van de data, de informatie die in jullie ligt opgeslagen.'

'Waarom kan die informatie nu pas vrijkomen?'

'Jullie zijn opzettelijk in het duister gehouden over wie jullie zijn. Jullie is geleerd dat jullie onbetekenend zijn - slecht, zondig en nietig - zodat jullie je grootsheid niet zouden herkennen en andere vormen van intelligentie geen toegang zouden krijgen tot deze informatie en er gebruik van kunnen maken.'

Time Bender, die al een kwartier niets heeft gezegd, buigt zich nu naar voren. Sasha, Walaya en Layan bewegen gedrieën naar achteren en nemen een respectvolle houding aan. 'Nu weet je waarom je van waarde bent en begrijp je waarschijnlijk ook beter het belang van je volgende opdracht: de deconstructie van je concepten.'

'Hoe ontmantel je een concept?'

'Het begint ermee dat je je bewust wordt van je concepten. Luister naar welke woorden je spreekt. Luister naar jezelf. Woorden komen voort uit gedachten en gedachten komen voort uit concepten. Onderzoek de achterliggende concepten van de woorden die je vaak herhaalt. Woorden, en vooral herhaalde woorden, hebben de kracht om de realiteit te vormen.'

'Op de Pleiaden hebben wij een gezegde dat vrij vertaald betekent: zoals je denkt, zo zal het zijn,' zegt Layan. 'Als ik u een goede raad mag geven, onderzoek dan uw meningen en oordelen. Een oordeel bevriest de tijd. Wanneer je oordeelt, stap je uit het moment. Je verzet je tegen het leven. Wanneer je iets of iemand veroordeelt, ben je je realiteit aan het beperken. Je ziet het grote plaatje niet meer.'

Ik glimlach een beetje cynisch en zeg: 'Het is niet zo makkelijk om geen mening of oordeel te hebben op deze planeet Layan. Er is zo veel onrecht en barbarij. En hou alsjeblieft op met mij u te noemen.'

Layan trekt een wenkbrauw op. Hij doet me denken aan dr. Spock uit de Star Trek serie. 'O ja,' zegt hij schaapachtig. 'Maar vraag jezelf: wat mis ik door te oordelen? Wanneer je oordeelt, heb je geen toegang meer tot de informatie en de lessen die op dat moment tot je beschikking staan. Je bewijst jezelf daar een heel slechte dienst mee, omdat jullie - en wij - primair informatie-vergarende wezens zijn.'

Walaya springt in: 'Het helpt om vanuit je hart te kijken naar je conditionering. Wanneer je in je hartzone bent, sta je op een neutrale plek en kun je zien wat jou werkelijk drijft. Je kunt leren om uit je mechanisch denkende mind te stappen en weer het spelende kind te worden dat zich niet verzet tegen het leven, maar haar vol overgave omarmt. Kinderen redetwisten niet, ze willen spelen en zijn op zoek naar avontuur en nieuwe ervaringen.'

Sasha staat op en gaat achter me staan. Ze pakt mijn schouders en begint die zachtjes te masseren. Ik sluit mijn ogen en geniet van haar aanraking. 'Wees alsjeblieft vriendelijk tegen jezelf. Hou van jezelf. Voel je niet schuldig. Geloof in jezelf. Jij bent alles waarin je hoeft te geloven. Uiteindelijk is er maar één les die we allemaal dienen te leren: van onszelf te houden als een uniek aspect van de Schepper.'

Ze stopt met masseren en geeft me een vriendschappelijke klap op mijn schouders. Dan zegt ze: 'Tijd om in actie te komen. Walaya, zou jij zo vriendelijk willen zijn om onze vriend wat praktische tools te verschaffen in de kunst van zelfliefde?'

12. WALAYA

'We are not alone in the Universe. I think there's a department in our government which is exclusively dedicated to quashing reports about aliens. And that's so unfair. It would be nice if we weren't just able to read about it in the tabloids.'

Sigourney Weaver, actrice.

Walaya neemt me mee de kristallen gang in en opent een deur van een aangrenzend vertrek. Het is een ruime kamer gevuld met kussens, zachte kleden, comfortabele stoelen, een massagetafel en een bed. De verlichting is gedempt, het ruikt naar bloemen en in de verte hoor ik zachte geluiden die me doen denken aan een volmaakte wereld.

'Ah, dit voelt als de hemel.'

Ze duwt me zachtjes naar binnen en vraagt me om mijn schoenen uit te trekken. Ik laat ze bij de deur en dan gebaart ze me om op een groot kussen te gaan zitten. Zelf pakt ze er ook een en komt vlak voor me zitten. Ze pakt mijn handen en legt die in haar schoot waardoor ik een beetje naar voren moet buigen. Onze gezichten zijn nu vlak bij elkaar. Ik slik ongemakkelijk en ben bang om te lang in haar ogen te kijken. Ik voel me draaierig worden en herinner me ineens de ogen van Alloya, die ook al zo'n hypnotiserend effect op me hadden.

'Herinner jij je mij?' vraagt ze zacht.

'Uh, je voelt heel bekend, maar ik kan niet zeggen dat ik precies weet wie je bent.'

'Het is geen toeval dat wij elkaar nu weer tegenkomen. Deze ontmoeting is sinds lange tijd voorbereid. Je hebt deze datum lang geleden op je kalender gezet, maar misschien is het te lang geleden en ben je dat vergeten.'

'Ik voel me inderdaad heel vertrouwd bij je Walaya, maar ik voel me eerlijk gezegd ook een beetje ongemakkelijk om hier samen met jou zo intiem te zitten. Ik heb namelijk een prachtige vriendin.'

'Natuurlijk weet ik dat. Maar dat is je hoofd die nu praat, vanuit concepten van schuld en schaamte. Wat vertelt je lichaam jou? Wat zegt je hart?'

'Die spreken een andere taal.'

'Dat dacht ik ook.'

Ze legt mijn handen op haar buik en begint diep in en uit te ademen. Met iedere ademhaling opent zij haar lippen een stukje verder. Het is behoorlijk erotisch, maar ik besluit als een kind te zijn en mijn rationele mind even vrijaf te geven. Ik volg haar voorbeeld en begin diep in en uit te ademen, daarbij mijn lippen steeds iets verder van elkaar brengend.

Na enkele minuten kom ik in een lichte trance terecht. Ik sluit mijn ogen en voel dat ik in een andere realiteit terechtkom. Ik bevind me ineens in een betoverend mooi landschap. Ik zie mijzelf zitten in het hoge gras. In de verte rijzen besneeuwde bergtoppen boven het glooiende landschap uit. De lucht is zo fris en puur dat mijn longen dankbaar opengaan. Een zacht briesje speelt prachtige melodieën in de bloesemende boomtoppen.

Na een tijdje loop ik naar een beekje dat verderop door het

landschap meandert. Ik ga op mijn knieën zitten en wil een slok van het heldere water nemen, maar zie dan ineens mijn gezicht in het water gereflecteerd. Even deins ik terug. Wat ik zie, is niet mijn gezicht, maar dat van Walaya.

Gefascineerd staar ik naar mijn evenbeeld en op dat moment beginnen herinneringen te stromen. Ik zie gebeurtenissen, ontmoetingen, geliefden, vrienden. Een eindeloze vloedgolf van informatie spoelt mijn hersenen in. Mijn oogleden beginnen te trillen en ik raak de controle over mijn lichaam kwijt. Mijn lijf draait in snelle cirkels om zijn as en na enkele mintuten is het bijna niet meer te houden. Ik voel dat ik richting een overload beweeg. Waarschijnlijk om de spanning kwijt te raken, begin ik onbedaarlijk te giechelen.

Een paar seconden later hoor ik mijzelf giechelen en raak ik bewust van mijn idiote gedrag. Ik kijk verschrikt naar Walaya. Haar ogen zijn gesloten en ook haar onderlichaam draait in snelle cirkels. Ze lijkt zich niets aan te trekken van hoe vreemd dit alles is. Gerustgesteld sluit ik mijn ogen en geef me over aan een schaterlach die minuten duurt.

Na verloop van tijd merk ik dat de klank van mijn lachen is veranderd. Het klinkt meer als huilen. Wat zeg ik? Het klinkt meer als luid jammeren. Ik snik hartverscheurend, al weet ik niet waarom.

Het is heerlijk, bevrijdend. En tegelijkertijd doodvermoeiend. Op een gegeven moment ben ik zo moe, dat ik haast in elkaar stort. Ze slaat haar armen om me heen en ik val als een baby op haar schoot in slaap.

Wanneer ik wakker word, zie ik Walaya's stralende gezicht.

'Welkom terug,' zegt ze met een lieve glimlach. 'Ik ben blij dat je wat van de spanning kwijt bent die je al zo lang met je meedraagt.'

'Wat? Waar ben ik? Hoe laat is het? Hoelang heb ik geslapen?'

'O, je bent even weggeweest. Het is niet mis om zo veel ellende te omarmen. Jouw systeem wordt langzaam opgerekt om steeds meer informatie toe te laten. Dat is een proces dat met groeipijn gepaard gaat. Wanneer het te veel wordt, gaat het systeem vanzelf "uit" en val je in slaap.'

'Pfff, ik vind het best heftig allemaal. Ik heb het gevoel alsof ik door een gehaktmolen ben gehaald.'

Ze trekt een vies gezicht en zegt troostend: 'Ik weet het. Het is geen sinecure hè, om in deze tijdsperiode op Aarde te zijn?'

'Poeh, wat je zegt. Het is niet bepaald relaxt als je gaat zien wat er werkelijk aan de hand is. Als ik hoor hoe het bij jullie is, heb ik het idee dat wij op Aarde in het afvoerputje van het Universum zitten.'

'Dat lijkt inderdaad zo, maar er is nu eenmaal een zekere mate van verstoring nodig om evolutionaire processen te laten plaatsvinden. Dat is waarom jullie planeet op dit moment zo chaotisch is. Misschien voelt het alsof jullie hele wereld in elkaar aan het storten is, maar vanuit ons perspectief is dit een noodzakelijk kwaad om de mensheid tot groei aan te zetten. Als alles volmaakt zou zijn, zouden jullie niet rijp zijn voor de verschuiving van bewustzijn die aanstonds staat te gebeuren.'

'Heftig allemaal. Ik kan niet zeggen dat ik reikhalzend uitkijk naar nog meer chaos, geweld en bloedvergieten. Ik ben er ook nog steeds niet echt van overtuigd dat de mensheid in staat zal zijn om deze verschuiving te laten plaatsvinden. Als ik naar het journaal kijk, zie ik dat de mensheid aanstuurt op zijn eigen vernietiging en in haar val de Aarde met zich mee kan nemen.'

'Maak je daarover geen zorgen. Jullie wereld zal niet worden vernietigd. Daarvoor is er veel te veel hulp op en rondom jullie planeet. Er zijn veel buitenaardsen die jullie nu steunen. Sommigen van hen beschikken over technologieën die jullie milieu binnen een paar dagen zou kunnen reinigen. De reden dat zij dit niet doen, is dat jullie vervolgens op de oude voet zouden verdergaan en degenen die jullie planeet hebben gekaapt hun spel kunnen blijven spelen.'

Ze loopt naar een keukenblok en schenkt een glas blauw sap voor me in. Het werkt, net als de vorige keer, verfrissend en bekrachtigend. Wanneer we weer tegenover elkaar zitten, vraag ik: 'Is er op jullie planeet helemaal geen negativiteit?'

'Nauwelijks, maar dat is juist ook ons probleem. Wij hebben negativiteit vermeden en onderdrukt door heel ver te gaan in spiritualiteit. Maar zoals ik al zei, een zekere mate van negativiteit is nodig voor groei en evolutie.'

'Wat is "een zekere mate"? Kun je dat uitdrukken in percentages?'

'Ik schat dat de optimale hoeveelheid frictie en wrijving ongeveer twee procent is - net genoeg om een beschaving alert en creatief te houden, maar niet zoveel dat zij tot destructieve patronen vervalt.'

'Hoe negatief is de Aarde eigenlijk?'

'Het menselijk ras is tussen 45 en 55 procent negatief.'

'Wat? Oef. Geen wonder dat ik me soms een beetje down voel.'

'Dat is inderdaad erg hoog, maar de *upside* daarvan is dat jullie *de* experts van het Universum zijn geworden als het gaat over het omgaan met thema's rondom lijden. Er was ooit een planeet in ons zonnestelsel die Maldek heette. Hun percentage negativiteit was minder dan die van jullie - 35 procent ongeveer - maar zij wisten dit niet te hanteren.'

'Hoe bedoel je?'

'Zij bliezen hun planeet op.'

'Echt? Vergeleken met hen doen wij het dus best goed.'

Ze slaat haar armen in een verrukt gebaar om me heen en zegt vol passie: 'O ja! Jullie kunnen heel trots zijn op jezelf. Jullie houden de boel nog steeds in balans, zij het met moeite. Jullie zijn helden. Weet je dat veel geavanceerde buitenaardse rassen nu pas aan het beseffen zijn wat voor heldenrol het menselijk ras vrijwillig op zich heeft genomen? Tot dusver zagen zij jullie vooral als primitief en barbaars, naïef en bekrompen. Hun zienswijze is veranderd naar eerbetoon en dankbaarheid. Zij begrijpen nu dat het menselijk ras de niet opgeloste problemen van andere rassen op zich heeft genomen en hen helpt om het verleden op te lossen.'

'Time Bender vertelde me dat de Aarde haar frequentie aan het verhogen is van de derde naar de vierde en zelfs de vijfde dimensie. Die frequenties moeten we dus in korte tijd in onszelf zien te integreren en daarmee ook de schaduwzijde die gedurende dat proces aan het licht komt.'

'Inderdaad. Dat is het proces. Het is een prachtige rollercoaster waarin je stapt. Uiteindelijk zal die je vanzelf thuis brengen.'

'Hoe hoog is onze frequentie momenteel qua de dimensie waarin we zitten? En hoe hoog moet die worden om de stercodes te kunnen activeren?'

'Jullie zitten momenteel rond de 3,5. Om te ascenderen naar een hogere dichtheid is ten minste een niveau van 4,5 nodig. Dat is het niveau waarop wij nu zitten.'

'Dan hebben we nog wel wat werk te verrichten.'

'Dat is waar, maar eigenlijk is het verbazingwekkend dat jullie al zo hoog zitten, gezien de extreme hoeveelheid negativiteit op jullie planeet.'

'Hoe komt het dan dat we zo hoog zitten?'

'Delen van jullie bevolking zitten al in een hoog frequentiespectrum en trekken daarmee de boel op. Veel van jullie hebben hard aan jezelf gewerkt en dat begint vruchten af te werpen. Deze relatief kleine groep heeft een groot effect op het collectief.'

Ze geeft me opnieuw een glas, dit keer met rode sap. Het smaakt zoet en hartig tegelijk, is buitengewoon lekker en heeft weer datzelfde vitaliserende effect op mijn hele systeem. Ik wou dat ik dit spul iedere dag kon drinken, dan werd ik vast ook driehonderdvijftig.

Walaya neemt ook een paar slokken, wijst naar haar glas en zegt: 'Dit is wat wij drinken. Wij eten niet zoals jullie. Ons verteringssysteem is anders. Voeding, dat vrijwel geheel uit sappen bestaat, wordt in onze maag verteerd en afvalstoffen worden door de poriën in onze huid uitgescheiden. Onze kleding is gemaakt van een organisch materiaal dat de reststoffen van de huid afvoert.'

'Wow, dat lijk me ook wel wat. Lekker praktisch. Kun je me nog wat meer vertellen over jullie wereld?'

'Wat wil je weten?'

'Hoe zit het met relaties? Zijn jullie monogaam?'

'Wij hebben bijzonder vrije relaties. Als ik op een dag zou thuiskomen en zeggen: "Dit was een absoluut prachtige vervullende relatie, maar ik voel dat het tijd voor mij is om naar de andere kant van de planeet te verhuizen om iets anders te gaan doen," dan is er van de kant van mijn partner volledig begrip, zonder persoonlijke pijn. Hij zal ook herkennen dat de tijd een natuurlijke disconnectie bewerkstelligt. Dit zorgt ervoor dat relaties vloeiend blijven en dat onze seksuele energie niet wordt geblokkeerd door relaties die niet meer werken.'

'Jullie geloven dus niet in de ene Prins op het Witte Paard?'

'Wij geloven niet dat we een ander nodig hebben om heel te zijn, in tegenstelling tot jullie Aardse concepten. Als je op die manier denkt - en jezelf dus niet ziet als heel en volledig - dan zul je altijd een reflectie aantrekken van jouw zelfbedachte onvolmaaktheid. Je zult iemand aantrekken die - net als jij - onvolledig is om jou eraan te herinneren dat dit is wat je over jezelf denkt.'

'Goed punt. Betekent dat ook dat jullie seks hebben met meerdere partners?'

'Voor ons staat seksualiteit gelijk aan het leven zelf. Seks doordrenkt elk aspect van het leven. Zoals je al hebt gezien, gaan wij vergeleken met jullie op een heel sensuele manier met elkaar om, zonder schaamte, zonder taboes. We kunnen dit, omdat we geen kunstmatig onderscheid maken tussen seksualiteit en leven. Seksualiteit *is* voor ons leven. Het is de complete en volledige kanalisering van die energie door onze lichamen.'

'Gaan alle geavanceerde beschavingen op een dergelijke manier met elkaar en met seks om?'

'Oh nee, zeker niet. Op Orion bijvoorbeeld speelt seks geen rol in het dagelijks leven. Zij doen het alleen als zij met hun partner zijn en tijdens afgebakende tijdsperiodes. Jullie, op Aarde, denken wellicht dat jullie behoorlijk vrij zijn ten aanzien van seks, maar er is op dat gebied juist heel veel onderdrukking wat er vervolgens in gewelddadige uitspattingen uitkomt. Het heeft ermee te maken dat jullie is wijsgemaakt dat seks vies, onrein en zondig zou zijn. Het heeft ervoor gezorgd dat jullie je schamen voor jullie eigen lichamen.'

'Ik heb inderdaad wel eens gelezen dat de seksindustrie het grootst is in landen waar seks het meest wordt onderdrukt.'

'Precies. Het zijn dit soort verwrongen concepten waarvan Time Bender wil dat je die onder de loep neemt en uit je systeem gooit. Je kunt schadelijke concepten vrij makkelijk herkennen, omdat ze allemaal één ding gemeen hebben: ze werken scheidend. Ze scheiden je af van de genezende krachten van de Aarde en de Kosmos. Het bevrijden van je seksuele energie zal je helpen om je opnieuw te verbinden met het Universum en de genezende codes.'

Ze staat op en gebaart me om op de massagetafel te gaan liggen. Wanneer ik met kleding en al ga liggen, kijkt ze me spottend aan: 'Heb je wel geluisterd naar alles wat ik net vertelde over je schuld en schaamte concepten overboord gooien?'

Ze draait het licht laag terwijl ik enigszins besmuikt mijn kleren uittrek. In plaats van zich om te draaien neemt ze mijn lichaam gedetailleerd op.

'Eh Walaya, zullen we maar beginnen met de massage?'

Ze lacht en als ik lig, begint ze zachtjes over mijn rug te wrijven. Met iedere beweging voel ik me lichter worden. Geblokkeerde energie lijkt op te lossen door de precieze bewegingen in de vorm van patronen. Later vertelt ze me dat dit vergelijkbare patronen zijn als degenen die staan afgebeeld op de Chocolights. Wanneer ik haast in slaap dommel, drukt ze ineens heel hard op een plek tussen mijn schouderbladen.

'Au, dat doet pijn!'

'Ja, dat verwachtte ik al. Deze spier moet worden geactiveerd als je jouw frequentie wilt verhogen.'

'Welke spier?'

'Hij zit op de plek waar jouw engelenvleugels ooit aan vastzaten. Wij noemen deze plek de achterdeur naar het hart. Blijf rustig liggen terwijl ik dit punt activeer. Het kan een beetje pijn doen.

'Au! Dit is echt niet leuk.'

'Goed ik zal je niet langer martelen. Ga maar even op de grond zitten.'

Wanneer ik zit, gaat ze achter me staan. Ik hoor haar in de weer met kleding en wanneer ze na enkele tellen achter me komt zitten is ze naakt. Ze drukt haar warme lichaam stevig tegen me aan en begint haar onderlichaam met zachte, ritmische bewegingen tegen mij aan te duwen. Warme tintelingen en opwindende sensaties in mijn onderlichaam maken dat ik mijn uiterste best moet doen om het schuld-schaamte-boeteprogramma in check te houden.

Net wanneer ik op het punt sta te gaan kreunen van genot, legt ze haar handen op mijn hartstreek en zegt: 'Leg nu jouw handen over die van mij en breng je hele bewustzijn naar dit gebied. Stel je voor dat je ademt door je hart en met elke ademhaling meer ruimte schept. Voel dat je hart zich opent als een bloem. Breng nu de seksuele energie uit je bekkengebied omhoog en vul je hart met deze warmte.'

Ik geniet van de sensatie en merk dat ik dit eigenlijk heel goed kan. Ik heb wel eens een tantracursus gevolgd waar ook dergelijke oefeningen werden gedaan. Dit is echter vele malen sterker en mijn hart is inmiddels zo ruim als de kamer geworden. Met iedere ademhaling lijkt die groter te worden en steeds opnieuw stimuleert Walaya mijn seksuele energie door haar handen ritmisch over mijn onderbuik en nu ook mijn geslacht te bewegen.

Op het moment dat de seksuele spanning te groot dreigt te worden en ik het liefst boven op haar zou springen, stopt ze met haar bewegingen en staat op. 'Kom,' zegt ze, 'ga maar op bed liggen.'

'Eh…'

'Kom nu, wees niet zo bang. Het is allemaal voor de Goede Zaak moet je maar denken. Je zult over je angst voor seks heen moeten komen als je wilt groeien. Doe je dat niet, dan hou je jezelf gevangen in oude, onnatuurlijke en verstikkende systemen. Als je op die manier blijft denken, is het onmogelijk voor de kracht van Gaia om door jou heen te stromen. Zij is als een slang die zich langs jouw ruggengraat omhoog kronkelt.'

'Daar heb ik wel eens over gehoord,' zeg ik om tijd te winnen. 'Dat heet kundalini-energie, toch?'

'Ja, kundalini is de elektromagnetische energie die het chakrasysteem activeert. Op haar weg omhoog door de wervelkolom stimuleert de slang de elektronen binnen de cellen van jouw lichaam en ontwaakt daarmee je cellulair geheugen. Als de tocht omhoog tot aan je kruin compleet is, zal deze energie omhoog en omlaag door jouw wervelkolom vloeien in een doorgaande golf van extase.'

Ze kijkt me plagerig aan en zegt: 'Ik weet heus wel dat je tijd aan het rekken bent door semi-interessante vragen te stellen. Ga nou maar op dat bed liggen.'

Ik aarzel nog steeds en dan neemt ze een beslissing. Ze gaat zelf op het bed liggen, opent haar armen en benen en zegt: 'Kom nu hier.'

Ik stap over mijn laatste restje gêne heen en ga voorzichtig boven op haar liggen. Haar huid is zo zacht en gaaf dat het fluweel lijkt. Ik druk mijn handen stevig in de matras om niet met mijn volle gewicht op haar te liggen.

Ze heeft het door en zegt streng: 'Stop daarmee en geef je aan mij over. Ik kan je heus wel aan. Ontspan je nu eindelijk in het belang van de Kosmische Vrede, het Intergalactische Geluk, de Universele Heelheid en de evolutionaire ontwikkeling van alle rassen. *Please*!'

Ik moet lachen om haar overdreven grap en dat doet me gelijk ontspannen. Ik geef me aan haar over en terwijl ik dat doe, begint ze weer diep en ritmisch te ademen. Ik volg haar en we komen in een zalige cadans. Ondertussen bewegen haar handen zich over mijn rug en onderrug. Ik voel haar bekken, buik en borsten tegen mij aan en iedere ademhaling creëert lichte schokken en warme sensaties die langs mijn ruggengraat omhoog cirkelen.

'Is dit kundalini?' hijg ik tussen twee stroomstoten door.

Ze antwoordt niet en gaat door met mijn seksuele energie op te bouwen. Er lopen nu rillingen over mijn rug en ik voel dat de slang zich langzaam losmaakt uit het bekkengebied en behoedzaam omhoog beweegt. Mijn onderbuik vult zich met warmte. Ik voel me intens krachtig, haast dierlijk, als een jaguar.

Ze voelt mijn kracht en moedigt me aan. Ik begin nu te

grommen en zou haar willen bijten. Ik hou me in, maar laat de kracht van de jaguar door me heen stromen en zet mijn klauwen stevig in haar rug. Ze gilt het uit van genot.

Hoger en hoger kringelt de slang omhoog. Wanneer de energie in de buurt van mijn zonnevlecht komt, stopt die abrupt en word ik overspoeld door angst en pijn. Ik begin heftig te schokken, een catharsis waar ik geen weerstand tegen kan bieden.

Ik druk mijn kaken stevig op elkaar om het niet uit te gillen en stop met ademen. Mijn lichaam schiet in een kramp. Ik verlies haast mijn bewustzijn, zozeer word ik overgenomen door helse beelden en ondraaglijke pijn. Alles gaat op slot en ik bevries in haar armen.

'Adem! Adem!'

Heel ver weg hoor ik haar roepen. Maar ik zou bij god niet weten hoe ik mijn adem nog aan de praat krijg. Ik laat me wegzakken in de pijn en de ellende die me als een grauwe nevel omvatten en nu volledig bezit van me nemen.

Weer hoor ik haar stem, maar nu van nog verder weg: 'Adem! Adem!'

'Laat maar,' hoor ik mijzelf door een watten deken fluisteren.

'Helemaal niet! Adem! Adem! Hoor je me?'

Ineens drukt ze keihard op de spier tussen mijn schouderbladen.

'Au!'

Met een schok kom ik bij en hap naar lucht. Ik ben kletsnat van het zweet en mijn hele lichaam trilt. Ik voel me als een pasgeboren baby. Hulpeloos.

Ze wurmt zich behoedzaam onder me vandaan en pakt een deken. Ze stopt me in en streelt mijn natte haren.

'Goed zo, daar ben je weer,' zegt ze zacht. 'Adem diep door. In en uit. Volg mij: in en uit. In en uit. Goed zo.'

Ik volg haar ademhaling en voel de spanning in mijn zonnevlecht weer opbouwen. Ze legt haar handen op die plek en maakt cirkelende bewegingen. Plotseling ontsnapt er een oerkreet uit mijn mond. Ieder gevoel voor schaamte over deze situatie is inmiddels weg en maakt nu plaats voor een allesverzengende razernij die zich in mij opbouwt. Houdt dit dan nooit op?

Alle keren dat ik gevoelens van woede, teleurstelling, onrecht, bedrog en verraad onderdrukte, lijken nu in één keer omhoog te komen. Ik kan niet stoppen met schreeuwen: '*The bastards, the fucking basterds*!'

Dit gaat minutenlang door totdat er ineens vanuit het niets een weldadige rust over me komt. Ik val achterover op het bed. Dan val ik weer in slaap.

13. LAYAN

'The Universe is under no obligation to make sense to you.'

Neil deGrasse Tyson, Amerikaans astrofysicus,
auteur en programmamaker.

Uren later word ik wakker van een stommelend geluid. Het is Layan die met een blad vruchten, drankjes en het bekende gouden trommeltje in de deuropening staat.

'Ah, u - ik bedoel je - bent weer bij,' zegt hij. 'Hoe gaat het ermee?'

'Geen idee. Wat is er allemaal gebeurd? Ik heb voor mijn gevoel een eeuwigheid geslapen.'

'Ja, je bent inderdaad even weggeweest. De avond begint te vallen. Hier, neem wat versnaperingen.'

Hij komt op de rand van het bed zitten en zet het blad naast me neer. Met onverholen plezier kijkt hij toe hoe ik aanval op het heerlijke eten. Ik ben uitgehongerd en schrans het naar binnen. Na een paar minuten val ik achterover en staar met een lege blik naar het plafond. Wat een heftigheid allemaal! Toen Walaya zei dat het een rollercoaster zou zijn, overdreef ze niet.

Layan legt zachtjes zijn hand op mijn voorhoofd en zegt:

'Ik weet dat dit alles een beetje veel is om in te nemen. Je zult ongetwijfeld veel vragen hebben. Daarom ben ik naar je toe gekomen. Ik wil je graag meer inzicht geven in het grote plaatje, zodat je beter kunt begrijpen wat er momenteel aan de hand is op Aarde.'

'Graag Layan, maar laat me even wat kleding aantrekken.'

Wanneer ik ben aangekleed, gaan we samen op de bank zitten.

Ik zucht een paar keer diep en zeg: 'Oké, vertel me maar over het grote plaatje.'

Hij glimlacht vergenoegd en zegt: 'Goed. De chaos en de crisis die jullie momenteel ervaren, hebben te maken met het feit dat de Aarde zeer waardevolle bronnen bevat. We hebben je al verteld over de DNA-codes die jullie - als species - in jullie dragen. Maar dat is niet de enige reden waarom de Aarde al eonen in het middelpunt van de belangstelling staat. Veel van de gevechten die op en over de Aarde worden gevoerd, gaan niet alleen over toegang tot de Levende Bibliotheek, maar ook over toegang tot de sterrenpoorten.'

'Wat zijn sterrenpoorten?'

'Dat zijn toegangswegen tot verschillende dimensies en plaatsen binnen het Universum. Deze portalen worden gebruikt om interdimensionaal te reizen of om binnen een en dezelfde dimensie naar andere plekken binnen die dichtheid te reizen. De Aarde bevat vele sterrenpoorten, waarvan de belangrijkste in het Midden-Oosten ligt. Dit is de sterrenpoort die de Anunnaki en de Draconische Reptielen gebruiken om naar de Aarde te reizen. Voor hen is die poort van extreem belang. Veel van de oorlogen in deze regio gaan dan ook niet zozeer over religies en grondstoffen, maar over bezit van de sterrenpoorten. Je kunt je waarschijnlijk wel voorstellen hoe belangrijk deze portalen zijn, vooral voor rassen die niet langer het vermogen hebben om op een natuurlijke manier te evolueren en het moeten hebben van parasitair gedrag.'

'Zoals de Anunnaki?'

'Inderdaad. Ik zal je iets meer over hen vertellen. Toen de Anunnaki 950.000 jaar geleden naar de Aarde kwamen, waren zij vooral geïnteresseerd in het creëren van een slavenras. Zij gebruikten vrouwen van de Aarde om een nieuw hybride ras te fokken. Dit ras wordt de Nephilim genoemd; een kruising tussen Mens en Anunnaki. Deze Nephilim, die geestelijk superieur waren aan het mensenras, domineerden de Aarde-mens. Zij waren het die door jullie als goden of halfgoden werden gezien en in jullie heilige geschriften worden bewierookt.'

Ik voel opnieuw woede opborrelen in de streek waar ik zojuist zo veel pijn had. Het voelt als een oeroude frustratie van te zijn misbruikt, misvormd en verraden. Layan merkt het op en zegt: 'Je hebt alle reden om hier zeer boos over te zijn. Zij hebben zich zeer slecht jegens jullie gedragen. Zij experimenteerden met het jullie DNA, waardoor er regelmatig afschuwelijke gedrochten ontstonden. Dit bracht de voorvaderen van de Anunnaki, de Elohim, in grote verlegenheid. Op een gegeven moment besloten zij in te grijpen om ervoor te zorgen dat deze experimenten zouden stoppen.'

'Hoe grepen ze in?'

'Ze namen een drastische maatregel: zij ontkoppelden de hogere elektromagnetische DNA-strengen van de mens, zodat er niet veel meer te experimenteren viel. Ze wisten echter dat er een tijd zou komen waarop de mens zijn eigen DNA weer zou gaan opbouwen en ordenen en lieten de inactieve strengen achter tot die tijd zou komen. Dit is wat jullie wetenschappers junk-DNA noemen.'

'Ik neem aan dat de Anunnaki niet blij waren met de inmenging van hun superieuren.'

'Dat heb je goed gezien. Het resultaat was een van de

ergste oorlogen in de geschiedenis van het Universum: de Duizendjarige Oorlog.'

'Wanneer speelde zich dit af?'

'Zo'n 850.000 jaar geleden.'

'En hoe verliep die oorlog?'

'Zoals zo vaak, ging deze oorlog vooral over de toegang tot de sterrenpoorten. De Anunnaki die zich op Aarde bevonden, dreigden de belangrijkste sterrenpoort - die de Sfeer van Amenti wordt genoemd - te vernietigen. Dit is uiteindelijk niet gebeurd, omdat deze sterrenpoort is voorzien van een hyperintelligent slot, waar ik je later meer over zal vertellen. Uiteindelijk werd de vrede getekend in het zogenaamde Verdrag van Al-Anu. Maar ondanks dit vredesverdrag waren er nog steeds Anunnaki die bleven vechten. Zij vormen de zogenaamde Anunnaki Verzet Beweging en worden gesteund en geholpen door de Draconische Reptielen. Het zijn deze wezens waar jullie vandaag de dag nog steeds mee te maken hebben.'

Mijn blaas begint op te spelen en ik moet echt even naar de wc. Ik vraag Layan waar die is en hij begint een beetje te blozen. 'Sorry,' zegt hij, 'die hebben wij hier helaas niet. Misschien kun je even naar buiten gaan? Wacht, ik ga wel met je mee zodat we de benen kunnen strekken.'

Hij begeleidt me door de hal, langs de receptie de tuin in. Hij wacht beleefd op afstand totdat ik klaar ben en leidt me dan langs een mooi bospad. De avond is gevallen en het koelt snel af. Toch ben ik blij om buiten te zijn en even een soort vertrouwde omgeving te zien. Ik adem diep in en zuig mijn longen vol met frisse boslucht. Layan kijkt me bevreemd aan.

'Hou je niet van frisse lucht, Layan?' vraag ik.

'Frisse lucht? Noem je dit frisse lucht? Ik moet je spoedig eens meenemen naar onze planeet, wanneer je het interdimensionaal reizen eenmaal onder de knie hebt.'

'Oké, maar dan wordt dat pas eind volgende week, op z'n vroegst.'

'Haha, ik hou van je humor. Die heb je altijd gehad. Hoewel dit alles waarover wij spreken aan de ene kant heel serieus en ernstig is, is het ook goed om te relativeren. Het is tenslotte allemaal maar een prachtig spel dat we met z'n allen spelen.'

'Het is inderdaad net zo ernstig als dat het komisch is. Het is maar net vanuit welk standpunt je kijkt.'

'Precies, en dat is wat Time Bender je wil leren: om uit je bekende standpunten te stappen en open te staan voor grotere mogelijkheden.'

We wandelen een paar minuten in stilte en ik geniet stiekem van de boslucht. Dan vraagt Layan: 'Heb je wel eens gehoord van de Ark van het Verbond?'

'Ja, wel van gehoord. Het heeft te maken met een soort overeenkomst tussen God en de mens, toch?'

'Ja, zo zou je dat wellicht kunnen zien. Je kent het verhaal van Noach die door God wordt gewaarschuwd, of door de goden, dat een catastrofe op handen is? In dat verhaal weet Noach te ontsnappen aan de Zondvloed door een Ark te bouwen. Wat in feite gebeurde, is dat hij is ontsnapt door de Ark van het Verbond binnen in de Grote Piramide van Egypte.'

'Aha, is de Ark van het Verbond soms ook een sterrenpoort?'

'Ja, het is zelfs dé sterrenpoort. Oorspronkelijk heette deze poort de Ark van het Verbond van Palaidor. Verscheidene zeer geavanceerde buitenaardse rassen, die collectief bekendstaan als de Palaidorianen, wilden de mensheid helpen om de weg terug te vinden na de grote ramp die onder meer leidde tot fragmentatie van bewustzijn van jullie collectieve staat. Zij creëerden een ziel-matrix, zodat de mens altijd weer terug kan keren naar de oorspronkelijke staat en hebben die veiliggesteld binnen de Ark.'

'Het begint steeds meer op *Star Wars* te lijken. Man, wat een verhaal!'

'Ja, er is nogal wat gebeurd, wat bewust voor jullie is verzwegen of verdraaid. De reden waarom mensen zo genieten van films als *Star Wars* is omdat ze het herkennen. Veel van wat in sciencefictionfilms wordt geportretteerd is ook echt gebeurd. Het is deel van het collectieve onbewuste geheugen van de mens. Hoe dan ook: de technologie van de Ark van het Verbond werd in het planetaire systeem van de Aarde en haar tijdmatrix geïnstalleerd om verstoringen door negatieve interventies tegen te gaan en deze te kunnen herstellen.'

'Dus dit is waar de Anunnaki, de Draconianen en andere rassen zo zwaar over hebben gevochten en nog steeds vechten?'

'Ja. De Palaidorianen wisten dat dit zou gebeuren en bouwden veiligheidsprocedures in het systeem, zoals een vijf-dimensionale zegel die alleen kan worden geopend door die te matchen met een vergelijkbare frequentie of hoger - dit om te voorkomen dat rassen van lagere niveaus en slechte intenties de Ark zouden kunnen kapen. Ook werd de Grote Piramide over de ingang van de Ark gebouwd om de locatie te versterken en te beveiligen.'

Mijn gedachten gaan terug naar een paar jaar geleden toen ik voor het laatst in Egypte was. Ik bezocht toen de Grote Piramide, maar had geen idee wat het was. En Layan vertelt me nu doodleuk dat ik toen boven op de belangrijkste sterrenpoort stond waar al vele miljoenen jaren buitenaardsen in- en uitvliegen. Ik vertel Layan over mijn bezoek aan het Giza plateau.

Hij knikt en zegt: 'Misschien heb je de intense energie daar kunnen voelen. Deze locatie is het belangrijkste vortex centrum van de Aarde. Wanneer je de Aarde beschouwt als een levend systeem - vergelijkbaar met een mens - dan zou je kunnen zeggen dat dit het hartchakra van de Aarde is. De Grote Piramide stond destijds rechtstreeks gericht en uitgelijnd op Sirius, waar een vergelijkbare piramide stond. Hierdoor was een directe transitie mogelijk van ruimtevaartuigen van de geavanceerde Raad van Sirius van de Anunnaki, om de Anunnaki Verzet Beweging op Aarde in de gaten te kunnen houden en corrigerend op te treden indien nodig.'

'Ik dacht dat de Anunnaki van de planeet Nibiru afkomstig zijn, niet van Sirius.'

'Dat zijn ze nu inderdaad, maar in de tijdsperiode waar ik over spreek, leefden zij vooral op Sirius A en Sirius B.'

'Ze zijn dus later pas naar Nibiru gegaan?'

'Ja. Nibiru wordt de Twaalfde Planeet genoemd, maar is technisch gezien niet een planeet van dit zonnestelsel. Het is afkomstig uit een ander zonnestelsel waarvan de zon is uitgedoofd. Dat is de belangrijkste reden dat de Anunnaki lang geleden naar de Aarde kwamen. Zij waren op zoek naar een nieuwe thuisplaneet. Ze hebben zich echter nooit echt thuis gevoeld op Aarde, omdat de energie hier voor hen te hoog is. Vandaar hun pogingen om de energie naar beneden te brengen, onder meer door het kunstmatige elektronische raster.'

'Aha, dat verklaart een hoop.'

'Ja hè? Dat hoopte ik al.'

'Maar je was aan het vertellen over sterrenpoorten.'

'Ja. De wormgaten en sterrenportalen waardoor buitenaardsen reizen om naar dit zonnestelsel te komen, zijn niet altijd open. Er is een exacte timing nodig om van het ene gebied in de ruimte naar het andere te reizen. De cyclus van deze portaal-openingen en sluitingen heeft een looptijd van 3.600 jaar en ze blijven dan iedere keer zo'n twee- tot driehonderd jaar open. Dat is voldoende tijd voor de Anunnaki om te komen en te gaan en zich iedere keer weer voor te doen als de goden waarin jullie zo graag willen geloven.'

Het begint me duidelijk te worden waarom de oude Egyptenaren zo gefascineerd waren door Sirius. De Grote Piramide is dus een sterrenpoort, rechtstreeks op die planeet gericht. In Egypte zag ik in en rond de piramides afbeeldingen van instrumenten die Ankhs werden genoemd. Ik vraag Layan of hij weet waar deze toe dienden.

'Ankhs waren instrumenten die werden opgeladen door de Ark. Ze hadden verschillende functies, zoals het openen van de sterrenpoort, genezing en weermodificatie. De grotere Ankhs konden zwaartekracht opheffen en werden gebruikt om morfogenetische velden te manipuleren, zodat gigantische structuren als de piramides en de Sfinx konden worden gebouwd.'

'Wow, kun je voor mij zo'n Ankh regelen?'

'Haha, dat zou wel kunnen, maar dan moeten we diep graven. De grotere zijn zorgvuldig verborgen onder de Sfinx, die ongeveer in dezelfde tijd is gebouwd als de Grote Piramide en...'

'Dus, het is waar! Er *is* een geheime kamer onder de Sfinx.'

Hij kijkt me verbaasd aan: 'O ja, zeker.'

'Wow, dat heb ik altijd al willen weten. Weet je ook wie de Sfinx bouwde en waartoe die dient?'

'Hij is gebouwd door de Raad van Sirius als eerbetoon aan het Leeuwenras dat de funderingen heeft gelegd voor de Anunnaki en de Siriuscultuur. Het voelt vreemd om jou over het Leeuwenras te moeten vertellen. Herinner je je afkomst dan echt niet meer?'

'Ik geloof jullie wel als jullie dat zeggen. Jullie nemen tenslotte realiteiten waar die ik nog niet kan zien. Maar ik kan niet zeggen dat ik het me precies herinner.'

'Maak je daarover maar geen zorgen. Nu de elektronische matrix die om de Aarde ligt dunner wordt, zul je vanzelf weer toegang krijgen tot deze informatie.'

'Ik herinner me wel in Egypte veel katten en leeuwen te

hebben gezien, die werden afgebeeld als heilige dieren.'

'Inderdaad, en dat is uit eerbetoon aan jullie. Het hoofd van de Sfinx was ook eerst een leeuwenhoofd, maar is later onthoofd door de Anunnaki Verzet Beweging. De Anunnaki van de Raad van Sirius hebben hem vervolgens herbouwd en toen kreeg de Sfinx een hoofd in de vorm van een van de leden van de Raad van Sirius.'

'Layan, weet jij wat er onder de Grote Piramide en de Sfinx verborgen ligt?'

Layan lijkt wat ongemakkelijk en geeft niet direct antwoord. Hij staat even stil en tuurt in de verte. Ik heb het idee dat hij in overleg treedt met deze of gene, want hij lijkt vooral te luisteren.

Dan zegt hij: 'Ik kan je dat helaas niet vertellen. Zoals Sasha al zei, zijn wij heel voorzichtig om niet te interveniëren in jullie evolutie. De Grote Piramide en de Sfinx zijn gebouwd als tijdcapsules en zullen zich voor de mensheid openen zodra deze een bepaalde staat van bewustzijn heeft bereikt. Wanneer de mensheid, voordat zij er klaar voor is, toegang zou krijgen tot de informatie en technologie die onder deze structuren verborgen ligt, dan zou dat desastreus kunnen uitpakken.'

'Ik begrijp het.'

'Wat ik je echter wel kan vertellen, is dat de ontdekking die jullie zullen doen niet zozeer een voorwerp, technologie of geschrift is, maar de ontdekking dat jullie niet alleen zijn in het Universum. Dát zal alles veranderen. De ontdekking dat jullie intiem zijn verbonden met vele rassen op andere planeten en andere sterrenstelsels, zal jullie denkbeelden over jullie zelf, jullie geschiedenis en jullie rol in dit geheel drastisch veranderen.'

In stilte wandelen we terug naar de fabriek. Ik peins over zijn laatste opmerking, dat de ontdekkingen onder de Grote

Piramide en de Sfinx alles zullen veranderen. Ik stel me een archeoloog voor die op het nieuws verschijnt en zijn zaklamp schijnt in een immense hal vol geavanceerde technologie en futuristische beeldschermen waarop de geschiedenis van de mensheid in relatie tot de Kosmos is afgebeeld. Dit beeld zal inderdaad alles veranderen: onze scheppingsverhalen, de evolutietheorie, religieuze denksystemen... Het zal niet minder dan een revolutie ontketenen en ik begrijp waarom geavanceerde sterrenrassen voorzichtig zijn om deze onthulling goed te timen.

Layan lijkt mijn gedachten op te pikken: 'De goedgezinde sterrenrassen houden een oogje in het zeil en wachten tot het juiste moment is aangebroken. Ook zij willen het dit keer goed doen en hun geavanceerde technologieën beschermen jullie tot het moment van onthulling.'

'Wat voor technologie heb je het dan over?'

'Heb je wel eens gehoord van het Gouden Vlies?'

'Wel van gehoord, maar geen idee wat het is.'

'De Ark is niet alleen een sterrenportaal, maar werkt ook als een frequentiemachine die de Goddelijke Blauwdruk reset en het zogenoemde Gouden Vlies creëert. Als de planeet wordt geïnfiltreerd door buitenaardsen die bewustzijnsverstoringen en DNA-mutaties aan de beschaving opleggen, of de heilige geometrie willen vernietigen door te interfereren met portalen, zal de Ark - gewoonlijk op de automatische piloot - reageren als een antivirusprogramma. Het systeem creëert een puls die alles dat niet is beschermd doet verdampen. Het verhoogt ook het frequentiespectrum van objecten, planetaire stelsel en zelfs een complete tijdmatrix. Het houdt deze dan tijdelijk gevangen in een hyperdimensionaal veld dat de integriteit van de belaagde regio intact houdt, totdat de schade is hersteld.'

'En ik dacht dat ik slim was... Man, wat zijn wij primitief vergeleken bij deze rassen. Ik heb trouwens wel eens verhalen gehoord over de Ark van het Verbond. Het zou een soort goddelijke technologie zijn waar de Israëlieten mee rondsjouwden in de woestijn en wat hen bovennatuurlijke krachten gaf.'

'Daar zit enige waarheid in. Na de vernietiging van Atlantis rond 9.500 voor Christus, veroorzaakt door de Anunnaki Verzet Beweging, verwijderde de Raad van Sirius de Ankhs en sloot de portalen. Echter, voordat het gebruik van de Ankhs volledig werd verboden, werden twee kleine staven met de kracht van de Ark geladen en bewaard in een gouden kist. Ze konden worden gebruikt om de Ark te openen indien nodig.'

'Waar zijn die nu?'

'Uiteindelijk zijn ook deze geconfisqueerd en verwijderd. Dit was het begin van de donkere eeuwen voor de mensheid, waarin jullie steeds minder informatie kregen, en meer deceptie over jullie geschiedenis en de geavanceerde technologieën die jullie eens bezaten.'

'Godzijdank liggen die donkere eeuwen inmiddels achter ons.'

'Je hoeft God niet te bedanken, hoor. Bedank liever jezelf. Jullie zijn het die dit proces in gang hebben gezet, door te willen ontwaken en jezelf te bevrijden van eeuwenoude onderdrukking.'

Weer voel ik een zware deken over me heen vallen als ik denk aan onze geschiedenis en de dwaalsporen die we hebben bewandeld in de hoop onze oorsprong weer terug te vinden. Toen de laatste interstellaire technologie die we bezaten ook werd afgepakt, waren we volledig overgeleverd aan een parasietenras met geavanceerde technologie die niets anders deed dan ons onderdrukken, gebruiken, manipuleren. En dan te bedenken dat we deze wezens als onze goden zijn gaan zien en hen tot op de dag van vandaag aanbidden. Stuitend!

'Layan, is er een manier om ons bevrijdingsproces te versnellen?'

'Maak je daar maar niet druk om. Het zal hoe dan ook gebeuren, of jullie nu actief meewerken of niet. Het beste is om je over te geven aan het proces en het mogelijk te maken dat wij jullie helpen. De matrix die rondom jullie planeet is gelegd, zal oplossen wanneer de Ark van het Verbond wordt geactiveerd. Het is ontworpen om ieder soort fantoom-matrix te neutraliseren.'

'Wat is dat nou weer?'

'Een fantoom-matrix is een gevallen regio van een lager dimensionaal spectrum. Zo'n gebied verandert langzaam in een zwart gat. In jullie geval is dat een parallelle versie van de Aarde, maar een gevallen versie. De Bijbel refereert hieraan als een bodemloze put, de Hel of Hades.'

'Zeg je nu dat de Hel feitelijk bestaat in de vorm van een parallelle, gevallen Aarde?'

'Ja. In feite bestaan er vele verschillende parallelle versies van de Aarde. Het gebeurt soms dat mensen in een fantoom-matrix worden gezogen. Vooral via de wormgaten bij de Bermudadriehoek, veroorzaakt door grote piramides van Atlantische tijden op de bodem van de oceaan. Schepen en vliegtuigen kunnen in zo'n vortex worden gezogen en verdwijnen dan uit jullie realiteit.'

'Dat moet vreemd zijn, om plotseling in een andere dimensie te belanden. Beangstigend ook.'

'Dat is waar, maar de kans is groot dat degenen die daar terechtkomen, dit niet onmiddellijk zullen opmerken. Zij ervaren niet noodzakelijkerwijs direct ellende en kwellingen. Er kunnen hogere frequentiespectra zijn in deze realiteit die niet te onderscheiden zijn van de Aarde zoals die momenteel is. Wat echter wel het geval is, is dat zo iemand na verloop van tijd zal merken dat er controle- en onderdrukkingssystemen zijn die buitengewoon krachtig zijn en van buitenaardse afkomst.'

'Wat merkt zo iemand nog meer?'

'Lichamen sterven ook niet in deze astrale frequentiedimensie, behalve dat het hele systeem langzaam afsterft in een imploderend zwart gat dat evengoed in staat is om nog honderdduizenden of miljoenen jaren te blijven bestaan voordat het voorgoed verdwijnt. Vandaar de term "levende doden".'

We zijn inmiddels aangekomen bij de helder verlichte fabriek die ons vanuit de verte toe straalt. Ik betrap mezelf erop dat ik een zucht van verlichting slaak. Het voelt al bijna als thuis, evenals het gezelschap van mijn Pleiadische vrienden.

14. VONDELPARK

'We all know that UFOs are real. All we need to ask is where do they come from and what do they want.'

Edgar Mitchell, gezagvoerder van Apollo 14, de zesde man op de maan.

Een paar dagen na de ontmoeting met mijn nieuwe ruimtevrienden, wandel ik door het Vondelpark. Ik voel me een stuk beter dan een week geleden. De koorts is weg en ik ben opmerkelijk fit voor iemand die - volgens mijn dokter – ten minste nog twee weken in bed moet blijven. De combinatie van Chocolights, Sasha's verontschuldigingen, de inzichten van Time Bender, de lessen van Layan en Walaya's lichaamswerk hebben mij er *in no time* bovenop geholpen.

Het Vondelpark voelt als een soort vrijplaats in de stad en is de plek waar de hippies destijds rondhingen. Als ik op een bank tegenover de fontein in het midden van het park ga zitten, realiseer ik me dat het precies vijftig jaar geleden is dat de hippiecultuur haar climax bereikte tijdens de fameuze *Summer of Love* van 1967.

Wat was dat een extatische zomer! Na twee verschrikkelijke wereldoorlogen en de sobere periodes van wederopbouw die daarop volgden, begonnen mensen eindelijk weer te lachen, te zingen, te dansen en te genieten van het leven. Zij wierpen de schuld- en schaamtegevoelens die Yahweh hen had opgedrongen van zich af en waren er klaar voor om een nieuw paradijs te creëren.

In slechts enkele jaren tijd zagen de hippies kans om zo ongeveer elk heilig huisje omver te schoppen. Ineens was er vrije seks, werd er geëxperimenteerd met bewustzijnsverruimende middelen, gingen mensen aan yoga doen, in therapie en mediteren. In plaats van zich dood te vechten tegen de kracht van de fantoom-matrix, lachten de hippies het establishment gewoon uit en deden hun eigen *groovy thing*.

Het kon natuurlijk niet altijd zo blijven, maar de hippies zorgden voor de eerste grote uitbarsting van rebellie tegen het systeem en het streven naar een nieuwe Aarde. Het feit dat er nu overal natuurwinkels zijn, vrouwen baas in eigen buik zijn, op scholen en in bedrijven mindfulnesstrainingen worden gegeven en Boeddha de nieuwe tuinkabouter is geworden, is allemaal rechtstreeks terug te voeren op de hippies.

Voor het eerst in maanden voel ik me ook wat meer ontspannen over de toekomst van de mensheid. Ik ben blij dat we blijkbaar hulp ontvangen vanuit hogere regionen om het experiment van de polariteit op te heffen. Wellicht kunnen we het nu tot een goed einde brengen. *Game Over.*

Het duurt voor mijn gevoel allemaal vreselijk lang, maar ik realiseer me dat paradigma's nu eenmaal niet in één dag kantelen. Het heeft een tijd geduurd voordat iedereen inzag dat de Aarde rond is, in plaats van plat en dat de Aarde om de Zon draait, in plaats van andersom.

Maar, hoeveel tijd hebben we eigenlijk om deze kwantumverschuiving te bewerkstelligen? Hoeveel tijd hebben we om de codes van de Levende Bibliotheek te activeren? Is er een deadline, een punt waarop we niet meer terug kunnen en onvermijdelijk terugvallen naar een stenen tijdperk en weer door een volgende Grote Cyclus moeten gaan?

Ik sidder bij het idee. Brrr, weer een rondje onderdrukkende religies en regeringen, schaarste, oorlogen, aardbevingen, corruptie, verraad, manipulatie. En weer opnieuw alle lessen moeten leren die we al zo vaak hebben geleerd. Als we dat kunnen vermijden door het nu goed te doen, graag!

'Mag ik naast je komen zitten?'

'Hidden Hand! Wat komt u hier doen?'

'Ik ben even op vakantie.'

'U ziet er beslist anders uit. Wat is er met de Al Pacino-look gebeurd?'

'Ik vertelde je al dat wij niet bepaald blij zijn met de rol die wij momenteel spelen. En om eerlijk te zijn, wij - de Luciferiaanse engelen - zijn ook moe van dit alles. Wij hebben zo nu en dan ook een *break from the bad* nodig.'

'U haalt me de woorden uit de mond. Ik dacht er net over hoe afschuwelijk het zou zijn als het dit keer weer niet lukt en we opnieuw met z'n allen een rondje in deze krankzinnige draaimolen moeten maken. Ik kan het idee niet verdragen dat we nog een keer 26.000 jaar door de Hel moeten om dezelfde lessen weer te leren.'

'Dat kan ik hardgronding beamen.'

'Wit staat u trouwens goed.'

'Dank je.'

We zijn een tijdje stil en genieten van de zon. Voor ons op het veld rennen honden achter ballen aan, liggen mensen te zonnen en worden barbecues aangestoken. Ah, kon het leven maar altijd zo vanzelfsprekend zijn. Net wanneer ik dreig in te dommelen, neemt Hidden Hand het woord.

'Ik ben gekomen om je te vertellen dat dit onze laatste ontmoeting zal zijn. Het tijdfragment dat ons werd geboden, is bijna voorbij.'

'Echt? Dat is jammer. Ik ben onze ontmoetingen gaan waarderen. Kunt u niet blijven zodat wij kunnen samenwerken om de bal in de goede richting te laten rollen?'

Op dat moment rolt er een bal onze kant op met een enthousiaste hond in het kielzog. De bal komt precies voor de voeten van Hidden Hand tot stilstand. De hond kijkt smekend naar hem op. Hidden Hand kijkt met onverholen walging naar het slijmerige object. Dan kijkt hij weer naar de smekende ogen, zucht, raapt de bal vervolgens op en gooit hem in de richting van de fontein.

'Weet je,' zegt hij dan, 'ik ben al bestraft omdat ik buiten mijn boekje ben gegaan en je meer heb verteld dan ik zou mogen. Het was niet de bedoeling dat ik zo open was als ik ben geweest. Wanneer je onze conversatie vanaf het begin terug zou horen, dan zul je merken dat mijn toon naar jou toe tijdens onze gesprekken is verzacht. Ik heb, zo veel als mogelijk is, vastgehouden aan de wetten van Vrije Wil en Verwarring, maar er zijn momenten geweest dat ik meer heb gezegd dan ik had mogen doen. Jij zult daarvoor niet hoeven boeten. Echter, in mijn volgende cyclus, wanneer ik het slechte karma dat ik nu heb gecreëerd, moet zien te vereffenen, zal ik de consequenties van mijn acties moeten aanvaarden. Maar ach, een beetje negativiteit meer of minder maakt waarschijnlijk niet veel uit, gezien wat ik voor de boeg heb.'

Ik voel zo veel liefde voor hem op dit moment. Ik zou zijn handen in de mijne willen nemen, zoals mijn Pleiadiaanse vrienden doen, en hem liefdevol in de ogen willen staren. Ik wil al bijna naar hem uitreiken, maar zie dan dat zijn handen vol slijm zitten. Je kunt compassie ook overdrijven, zeg ik tegen mijzelf, en hou me in.

Tegen Hidden Hand zeg ik: 'Ik ben geroerd door uw woorden en wil graag dat u weet dat ik heel dankbaar ben voor de rol die u heeft willen spelen als katalysator in onze levens. Ik zie uw offer. Ik zie uw compassie. En ik begrijp hoe moeilijk die rol moet zijn. Maar weet u, wat mij betreft hoeft u die rol niet meer te spelen. Ik denk dat wij de boodschap inmiddels wel hebben begrepen. We voelen allemaal wel dat het tijd is voor verandering. Kunnen we dit niet vreedzaam oplossen? Kunnen we de witte vlag niet hijsen en lekker samen naar huis gaan?'

Hij gooit de bal weer weg en zijn ogen volgen de gelukkige hond die naar de fontein rent. Hij beantwoordt mijn vraag niet.

'Weet u Hidden Hand, ik zal u missen.'

'Ik moet ook iets bekennen. Ik stond in eerste instantie afwijzend tegenover mijn opdracht om met jou te moeten communiceren. Ik ken mijzelf en weet dat ik nog steeds een zwak heb voor compassie. Het was lang geleden dat ik een rechtstreekse uitwisselingen met jullie soort had gehad. Ik heb niet kunnen voorzien hoe betrokken ik in dit proces zou raken. Je zou kunnen zeggen dat ik op een bepaalde manier naar je ben toegegroeid. Wat begon als een simpele plicht die ik diende te vervullen, is veranderd in een daad van liefde. Ik zal jou en jouw soort ook missen.'

Tranen wellen op in mijn ogen. Ik kijk hem schuin aan, maar hij wendt zijn hoofd af. We zijn weer even stil en dan zegt Hidden Hand met een dromerige stem: 'Weet je, het leven is voortdurend met ons aan het communiceren. Wij zijn allemaal met elkaar verbonden, maar de meeste mensen hebben het te druk om dit op te merken. Onze Oneindige Schepper verlangt ernaar om dicht bij ons te zijn, maar jullie merken Hem niet op wanneer jullie Hem op straat voorbij lopen, wanneer Zij jullie wisselgeld geeft in een winkel, wanneer jullie Haar naar bed brengen en Haar een nachtzoen geven of wanneer jullie Hem platslaan als Hij omhoog rent langs de muur van de badkamer op weg naar Zijn web.'

'God is in alle dingen.'

Nu kijkt hij me wel rechtstreeks aan: 'Als je God wilt ontmoeten, vind dan een spiegel, kijk erin en zeg het magische woord: hallo!'

'Ik zal eraan denken als ik weer eens voor een spiegel sta.'

We vallen weer stil en ineens hoor ik een lied. Ik kijk om me heen, maar zie niemand spelen. Het duurt even voordat ik doorheb dat het lied zich in mij afspeelt. Ik hoor engelen zingen. Ze bezingen twee geliefden die na een lange odyssee weer worden herenigd. Ik sluit mijn ogen en luister naar de ontroerende melodie.

Wanneer ik enkele minuten later mijn ogen weer open, zie ik dat ook Hidden Hand de ogen heeft gesloten en lijkt te luisteren. Zou hij hetzelfde horen als ik? Of geniet hij gewoon van deze laatste minuten van vreedzame rust, voordat hij terug moet stappen in zijn rol van antagonist?

Ik sluit mijn ogen weer en zie een bekend gezicht verschijnen. Het is John Lennon. Hij dirigeert nu het engelenkoor en verandert de tune langzaam naar een al te bekend refrein: '*All you need is love, all you need is love, all you need is love, love. Love is all you need. Love, love, love…*'

Wanneer het lied langzaam wegebt, kijk ik weer naar Hidden Hand die nog steeds met gesloten ogen zit. Het zonlicht valt over zijn ontspannen gelaat en ik realiseer me dat ik meer van deze man ben gaan houden dan waarschijnlijk goed voor me is. Kon ik hem maar overtuigen om te blijven. Mijn fantasie slaat op hol en in gedachten zie ik ons arm in arm door het Vondelpark wandelen en iedereen die we tegenkomen vertellen dat het eindelijk voorbij is. *War is over. If you want it.*

Maar als hij zijn ogen weer opent en we elkaar aankijken, zie ik dat hij niet gaat veranderen. Zijn strenge blik is weer een beetje terug en ik voel aan alles dat het Spel weer gaat beginnen. Ik begrijp ook dat hij niet anders kan. Hij is een contract aangegaan en zal die tot de laatste snik uitdienen.

Hij staat op en veegt zijn handen af aan het gras. Dan recht hij de rug en reikt me de hand. Terwijl hij mijn hand vasthoudt, zegt hij: 'Denk er alsjeblieft aan dat, ongeacht de ideologieën die ons in het Spel van elkaar scheiden, het feitelijk alleen om de boodschap gaat. En de boodschap is dat wij allen één zijn. Herinner je dat dit uiteindelijk maar een Spel is dat wij samen spelen. Wij zijn acteurs op het podium van het leven. Deze wereld is een illusie, een gedachtevorm. Niemand gaat echt dood en niemand raakt echt beschadigd. Tussen de incarnaties in weten wij dit heel goed. Maar de regels van het Spel zorgen ervoor dat wij moeten vergeten wie wij zijn, zodat wij geloven dat het Spel dat we spelen werkelijkheid is.'

Hij laat mijn hand los en zegt: 'Herinner je de belangrijke les die ik je leerde toen wij elkaar voor het eerst ontmoetten: er is niemand anders dan jij. Wanneer je je dit herinnert en beseft dat jij degene bent op wie je hebt gewacht, dan zul je jouw onzichtbare verbinding met alles en iedereen ervaren. Vreugde, dankbaarheid en dienstbaarheid zullen het natuurlijke resultaat zijn. Ik wens je veel geluk op je verdere reis.'

'Dank u wel. Ik zal het onthouden. Ik wens u het allerbeste voor de komende 26.000 jaar en natuurlijk veel sterkte. Ik hoop dat er ook fijne en gelukkige momenten voor u zullen zijn tussen al het lijden en negativiteit. Ik kijk in ieder geval uit naar onze ontmoetingen tussen de levens in. Het eerste rondje is voor mij.'

Hij knikt, maakt een hoffelijke buiging en zegt: 'We zullen elkaar weer ontmoeten, want wij zijn één en zijn allemaal op weg naar huis. Ik vraag onze Oneindige Schepper om jou te beschermen en je te begeleiden op jouw verdere pad.'

15. GAME MAKERS

'In the firm belief that the American public deserves a better explanation than that thus far given by the Air Force, I strongly recommend that there be a committee investigation of the UFO phenomena. I think we owe it to the people to establish credibility regarding UFOs, and to produce the greatest possible enlightenment of the subject.'

Gerald Ford, voormalig president
van de Verenigde Staten.

'Binkie, heb ik jou ooit verteld over de Game Makers?' vraag ik op een ochtend tijdens het ontbijt.

'Nee, niet dat ik weet.'

'Time Bender vertelde me destijds over deze bijzondere wezens. Hij zei dat zij degenen zijn die dit Spel van Leven zijn begonnen. Zij creëerden de spelregels, ontwierpen een Universum, creëerden planeten, zaaiden rassen en beïnvloedden het Spel van achter de coulissen. Zij waren ook degenen die dualiteit introduceerden door rassen een keuze te geven tussen Dienstbaarheid aan Anderen of Dienstbaarheid aan Jezelf.'

'Bijzondere keuze.'

'Ja, het is deze tegenstelling die ons door de eeuwen heen heeft voortgedreven en het Spel gaande heeft gehouden. Het is het vuur onder de reet van de mensheid, zeg maar.'

'Ik vraag me af of wij los kunnen breken van deze bezetenheid door uit de dualiteit te stappen. Ik bedoel: voor mij is het niet echt een keuze, want dienstbaar zijn aan anderen en dienstbaar zijn aan jezelf zijn voor mij geen tegenstellingen. Zonder dienstbaar te zijn aan jezelf kun je anderen niet dienen. Zonder dienstbaar te zijn aan anderen kun je jezelf niet dienen.'

'Goed punt.'

'En hebben Time Bender en Hidden Hand je niet telkens verteld dat er feitelijk niemand buiten jou is? Hoezo dienstbaar aan *anderen*? Er *is* niemand anders. Het is dus in mijn ogen een valse contradictie en ik ben daarom een tijdje geleden al gestopt met het allemaal al te serieus te nemen.'

'Interessant dat je dat zegt. Alloya vertelde me dat wij zullen weten dat het Spel voorbij is als de spelers gaan inzien dat ze zelf degenen zijn die dit spel creëren. Ze gaan zichzelf herkennen als de Game Makers. Zouden we op dat punt zijn aangeland?'

In de dagen die volgen, praten we veel over de Game Makers en worden steeds nieuwsgieriger. Wie zijn die mysterieuze figuren aan de top van de piramide? Ineens herinner ik me dat ik een visitekaartje heb van Alloya. Als er iemand is die meer over de Game Makers weet, dan is zij het wel. Zij was er tenslotte bij vanaf het prille begin. Ik bel haar op en we zijn meteen welkom.

Het regent pijpenstelen aan de zuidwest kust van Engeland. De ruitenwissers van onze huurauto hebben het zwaar en kunnen de enorme wolkbreuken nauwelijks aan. We rijden haast stapvoets het stadje binnen waar Alloya woont: Penzance, dicht bij St. Michael's Mount waar zij Lucifer ontmoette.

Het is typisch Brits: grote kathedralen, formele victoriaanse huizen, de bekende taxi's, de gesloten gordijnen en op vrijwel elke hoek een pub. Er is ook een pittoresk haventje met vissersboten die door de hevige rukwinden woest heen en weer slingeren.

Wanneer we haar huis hebben gevonden, verwelkomt Alloya ons met een hartelijke knuffel. Het is fijn om haar weer te zien en ook Binkie voelt zich direct op haar gemak. Alloya's woning voelt als een veilige haven in de ziedende storm.

Terwijl Binkie vrienden wordt met hond Blazy, gaat Alloya naar de keuken om thee te zetten. Ik kijk om me heen en zie prachtige edelstenen en een vreemd soort kristallen die van plastic gemaakt lijken te zijn. Ik pak er een op en bekijk het aandachtig.

'Dat is Orgonite,' zegt Alloya, als ze met thee binnenkomt. 'Het is gemaakt van kunsthars en werd in de dertiger jaren van de vorige eeuw ontdekt door ene Wilhelm Reich. Deze geleerde wilde een manier vinden om levensenergie te vangen en te versterken. Hij kwam met dit mengsel van hars, edelstenen, mineralen, ijzer, aluminium en koperdraad. De hars krimpt als het uithardt en veroorzaakt druk op de stenen. Dit brengt nulpunt energie teweeg, vrije energie.'

'Dus de kracht van de stenen wordt door druk naar buiten gebracht?'

'Ja. Het procedé verhoogt het effect van de mineralen enorm. Orgonite beschermt, laadt op, reinigt de ruimte, grondt en creëert een harmonieuze atmosfeer. Reich heeft er zelfs ziekten mee behandeld. Hij legde patiënten in een kleine kamer - een soort ouderwetse telefooncel - geheel beplakt met Orgonite. Zijn resultaten waren fantastisch en al spoedig werd hij als bedreiging gezien voor het establishment. De FBI en de FDA grepen in. Ze beschuldigden hem ervan de *Food and Drug Act* te overtreden en spanden een proces aan. Reich verloor de zaak natuurlijk. Al zijn machines werden vernietigd, zijn boeken werden verbrand en hij werd twee jaar opgesloten in de gevangenis waar hij stierf.'

'Dat klinkt zoals wat er met mensen als Nikola Tesla, Viktor Schauberger en andere genieën gebeurde die hun tijd vooruit waren. Zij eindigen niet zelden in een gevangenis of gekkenhuis en stierven tragisch en onbegrepen.'

Alloya zucht en installeert zich op de bank. Ze schudt de onbegrepen genieën van zich af en wil alles van Binkie weten. Binkie vertelt over haar leven, haar sterke verbinding met Moeder Aarde en het dieren- en plantenrijk. Ik geniet van het contact tussen deze twee bijzondere vrouwen die elkaar herkennen in hun vermogens om diep te luisteren naar de frequenties van de natuur en de Kosmos. Na een poosje keert Alloya zich naar mij en vraagt hoe het gaat.

Ik steek van wal: 'Het gaat goed, dank je. Hidden Hand, Time Bender en mijn Pleiadische vrienden houden me flink op koers. De laatste tijd ben ik echter heel nieuwsgierig geworden naar de Game Makers. Binkie en ik hebben een aantal keer ervaringen gehad waarbij het net lijkt alsof we in en uit het Spel stappen. We voelden ons een beetje als de Game Makers. Kun je ons wat meer over hen vertellen?'

'Game Makers orkestreren realiteiten. Zij komen samen zoals wij dat zouden doen voor een partijtje schaak, maar hun spel betreft het scheppen van hele samenlevingen. Zij doen dit middels blauwdrukken en brengen deze realiteiten in als levensvormen op verschillende planeten, tot in de kleinste details. Zij zaaien ook zichzelf in de civilisaties. Ze zijn vormloos, maar kunnen zich hullen in iedere vorm die ze maar willen, waardoor ze tegelijkertijd acteur en regisseur kunnen zijn.'

'Dus zij bestaan zowel in het Spel als daarbuiten?'

'Precies. Wanneer de Game Makers een specifieke blauwdruk voor een civilisatie creëren, bevat het vele versies van henzelf die zich uiten in verschillende werelden, planeten en realiteiten. Deze realiteiten beïnvloeden elkaar waardoor weer nieuwe realiteiten ontstaan. Dit proces kan gemakkelijk uit de hand lopen en onvoorspelbaar worden. De taak van de Game Makers is om in één keer al deze realiteiten te overzien en ermee te jongleren zoals een circusartiest. Hun doel is te leren van elke versie van de blauwdruk.'

'Hoe zien die blauwdrukken eruit?'

'Het zijn codes. Het is een taal die bestaat uit geometrische structuren, geluiden en symbolen. De codes zijn op alle niveaus van bestaan geïnstalleerd en uiten zich in verschillende vormen. Codes nemen een leven van zichzelf aan. Ze wisselen met elkaar uit en creëren hierdoor steeds meer realiteiten.'

'Indrukwekkend. Zijn wij zelf ook Game Makers?'

'Wij zijn uiteindelijk alles. Waar het nu om gaat, is dat we onze multidimensionale identiteiten volledig tot leven brengen in onze mensenvorm op Aarde. Onze taak is om de schijnbaar verschillende en contrasterende realiteiten samen te brengen in één wezen.'

'Hoe doe je zoiets?' vraagt Binkie.

'De kunst is om de polariteiten niet als tegenstellingen te zien, maar als realiteiten die naast elkaar bestaan. We zijn heel *en* gebroken, god *en* mens, engel *en* duivel. De kunst is om in termen van en-en te gaan denken, in plaats van of-of. Eenheid en dualiteit zijn niet tegengesteld aan elkaar, maar verschillende realiteitfrequenties die op hetzelfde moment plaatshebben.'

'Ja, zo ervaar ik dat ook,' zegt Binkie.

'Dat is je aan te zien. Je geniet volop van het Aardse bestaan *en* bent tegelijk ook heel in jezelf. In feite heb je niets nodig, en dat is ook precies de reden waarom je zo van het leven kunt genieten. Gelukkig zijn er steeds meer mensen die nu ontwaken in het Spel en het zien voor wat het is: hun eigen schepping. Ze beginnen in te zien dat ze al die tijd maar naar één ding hebben gezocht: zichzelf.'

'Amen to that.'

Blazy is inmiddels aan Binkies voeten in slaap gevallen. Ze ziet er schattig uit, met haar mond half open en haar tong op het kleed.

'Wat een lieve hond, Alloya. Ik moet denken aan wat de yogi's zeiden: als je tong ontspannen is, dan is het onmogelijk om te denken. Blazy heeft duidelijk geen meditatietraining nodig.'

'Ja, we kunnen veel leren van dieren. Ze kunnen ons helpen om over onze angst voor buitenaardsen heen te komen. Dieren leven op dezelfde planeet als wij, maar zijn in veel opzichten heel anders. Toch zien we hen niet als buitenaardse wezens. Wanneer we leren om met dieren te communiceren, kan ons dat helpen ons voor te bereiden op communicatie met buitenaardsen, die in feite meer verwant aan ons zijn - genetisch gesproken - dan dieren.'

'Toch snap ik wel dat mensen bang zijn voor buitenaardsen,' zegt Binkie. 'Er doen zo veel verhalen de ronde over mensen die werden ontvoerd door de Greys.'

'Dat is waar, maar de meeste mensen begrijpen niet waar deze ontvoeringen over gingen. De Greys zijn een zeer interessant ras, die diepgaand verbonden zijn met de menselijke evolutie. Op een bepaald moment in hun ontwikkeling dreigden zij uit te sterven, maar slaagden erin om hun ras te redden met hulp van de mensheid.'

'Hoe hebben wij hen geholpen?'

'De Zeta, zoals zij ook wel worden genoemd, gingen destijds te ver in een technologische, wetenschappelijke, mindgeoriënteerde benadering van het leven. Ze raakten vervreemd van hun spirituele oorsprong en hun emotionele intelligentie. Hun hartchakra zat zo goed als dicht. Ze zochten naar een oplossing en begonnen ons te bestuderen. Ze hoopten dat zij hun verloren DNA konden herstellen en van ons konden leren om weer liefdevol te zijn, empathisch en emotioneel.'

'En dat is gelukt?'

'Uiteindelijk wel. Het kruisen van de soorten - wat het doel was van de ontvoeringen - is nu gestopt. Het stopte al in 1996, toen zij een hybride wezen - een kruising tussen mens en Zeta - wisten te creëren dat volledig aan hun verwachtingen voldeed.'

'Dus zij schiepen een nieuw ras. Wow. Waar leven die nu?'

'In een parallelle realiteit zevenhonderd jaar in onze toekomst. Hun planeet is prachtig: bezaaid met planten, bloemen en dieren vanuit de hele Melkweg, inclusief de Aarde. Ze zijn ons zeer dankbaar en willen ons graag op iedere mogelijke manier helpen. Ze houden oprecht van ons en respecteren ons voor de rol die wij hebben gekozen om de polariteit op te lossen.'

Ik ben blij met haar informatie, want de Greys zijn voor velen het archetypische beeld van de *bad alien*. Ook weer een concept dat we achter ons kunnen laten. Ik ben benieuwd hoe zij ons momenteel helpen.

'Ze onderwijzen ons,' zegt Alloya. 'Voornamelijk in onze dromen. Ze voorkomen ook dat wij de planeet opblazen. Dat is de reden waarom er zo veel buitenaardse voertuigen worden waargenomen rondom militaire bases. Het is verschillende keren voorgekomen dat bommen al klaar stonden om te worden gelanceerd, maar onklaar werden gemaakt door de Zeta en andere goedwillende rassen.'

'Hoe weet je dat de Zeta contact met je maken?' wil Binkie weten.

'Het zijn nog steeds heel technologische wezens en wat ze onder meer doen, is op klokken dubbele cijfers laten zien. Wanneer je overal 11, 33 of andere dubbele digits ziet, is de kans groot dat de Zeta je aandacht vragen.'

'Wat proberen zij ons hiermee duidelijk te maken?'

'Wanneer je een dubbele digit ziet, vraag jezelf dan: wat leeft er nu in mij? De Zeta sturen je een bericht om je te bevestigen. Het is hun manier om ons een *thumbs up* te geven.'

'Cool, daar gaan we op letten. Alloya, je vertelde me destijds dat ik contact moest maken met mijn Leeuwen-identiteit op een hoger niveau. Ik vind het nog steeds lastig om te weten of dat echt lukt of dat ik het me verbeeld. Misschien kun je wat meer vertellen over de verschillende rassen die in ons Universum wonen, zodat het makkelijker wordt om me in hen in te leven en deze ervaringen in mijzelf wakker te maken. Kun je bijvoorbeeld vertellen hoe de verschillende rassen eruitzien, wat ze eten, wat voor kleding ze dragen, hoe ze praten, dat soort dingen?'

Ik merk dat Alloya gereserveerd raakt en niet direct antwoordt. Heb ik iets verkeerds gezegd? Ze leidt de aandacht af door opnieuw thee in te schenken en koekjes te presenteren.

Dan zegt ze aarzelend: 'Weet je, ik begrijp dat je deze dingen wilt weten, maar ik denk niet dat het je zal helpen. Je rationele mind wil het allemaal begrijpen, maar als ik je al deze details ga vertellen, raak je verstrikt in beelden en concepten. Het is veel belangrijker dat je contact maakt op het niveau van gevoelens. Je moet deze verloren ziel-aspecten weer gaan *voelen*.'

Binkie knikt instemmend.

'Kun je me daarmee helpen?' vraag ik.

'Ik kan je daar zeker mee helpen. We zouden een geleide visualisatie kunnen doen.'

'Dat klinkt goed, toch Binkie?'

Binkie heeft haar ogen al dicht.

Alloya installeert zich op de bank met gekruiste benen. Ik volg haar voorbeeld en sluit de ogen. Ze zet wat zachte achtergrondmuziek op en begint aan de meditatie: 'Oké, we gaan eerst bewust contact maken met jouw ziel. Het maakt niet uit of je iets ziet of voelt. Wanneer je je ziel aanroept, is die daar. Wanneer je contact maakt met je hogere zelf, dan kun je andere aspecten van jezelf gaan aanroepen - je zogenaamde buitenaardse incarnaties - en je ziel vragen om deze te integreren. Je doet dat door deze energie in te ademen. Wat er zal gebeuren is dat jouw systeem - wanneer je deze andere frequenties toelaat - weerstand zal bieden. Als je deze weerstand kunt laten bestaan zonder deze te onderdrukken, zal die vanzelf oplossen. Hoe meer weerstand je oplost, hoe meer ziel-delen je kunt integreren.'

Ze is even stil en zegt dan zacht: 'Adem een paar keer diep in en uit en ontspan je lichaam. Roep jouw hoogste zelf aan en zet de intentie neer dat je er klaar voor bent om andere aspecten van jezelf te integreren.'

We ademen een tijdje diep door en geleidelijk aan wordt de ruimte om ons heen zwanger van een grotere kracht. Er is meer leven in de ruimte, meer intensiteit.

'Jouw ziel is nu rondom je. De neutrale energie van levenskracht is nu geprogrammeerd met de energie van jouw ziel. Adem deze levenskracht in. Met elke uitademing breng je die energie naar iedere cel van je lichaam. Jouw ziel leeft in een hoge frequentie. Door deze frequentie toe te laten, breng je blokkades naar de oppervlakte. Emoties kunnen omhoogkomen. Wanneer dat gebeurt, adem daar dan doorheen met de energie van de ziel.'

Het diepe ademen maakt me duizelig. Het brengt ook emoties omhoog en weerstand daartegen. Mijn onderlichaam begint weer rondjes te draaien, zoals bij Walaya. Ik voel me af en toe intens moe, een beetje misselijk en moet de hele tijd gapen en boeren, wat ik probeer te onderdrukken.

'Onderdruk niets, laat het gaan, alles mag er zijn,' hoor ik Alloya zeggen. 'Na verloop van tijd zul je merken dat het ontgiftingsproces afneemt. Je ademhaling wordt regelmatiger en dat is een teken dat je in de fase van integratie komt. De weerstand is weg en hogere aspecten van jouw wezen kunnen worden geïnstalleerd en geïntegreerd.'

Na een tijdje voel ik dat mijn postuur verandert. Ik zit kaarsrecht, borst vooruit, buik in, schouders naar achteren. Ik voel een tinteling in de achterdeur van mijn hart en een ongelooflijk rustige kracht spoelt door me heen. Er is een onverschrokkenheid die ik nooit eerder heb ervaren. En verbeeld ik mij dit nou, of heb ik een staart?

Ineens wordt de stilte doorbroken door gegrom. Het is Blazy die wakker is geworden en met een angstige blik naar mij kijkt. Ik kijk haar vriendelijk aan met goudkleurige ogen die licht geven. Ze jankt zachtjes en legt haar hoofd weer neer. Ik voel me ongelooflijk zelfverzekerd en robuust. Mijn hart voelt als een stralende zon die van binnenuit schijnt. Ik ben volledig in mijzelf gecentreerd en zou hier voor altijd kunnen blijven zitten.

Ik heb geen idee hoelang we op die bank zitten. Wanneer ik Alloya's stem weer hoor, lijkt ze vanuit een andere werkelijkheid te spreken: 'Hier zijn dekens en kussens. De badkamer is boven, doe alsof je thuis bent. Ik ga naar bed. Tot morgen.'

We vallen tevreden in slaap terwijl Blazy naast ons op de grond lekker snurkt. Het laatste wat ik zie voordat ik in dromenland aankom, is haar tong die op het kleed hangt.

16. CHOCOLADE

'For many years I have lived with a secret, in a secrecy imposed on all specialists in astronautics. I can now reveal that every day in the USA, our radar instruments capture objects of form and composition unknown to us. And there are thousands of witness reports and a quantity of documents to prove this, but nobody wants to make them public. Why? Because authority is afraid that people may think of God knows what kind of horrible invaders. So the password still is: we have to avoid panic by all means.'

Gordon Cooper, voormalig NASA astronaut
en testpiloot.

De volgende morgen maken we een strandwandeling. De regen is opgehouden en een bleek zonnetje doet de golven glinsteren. De zeebries voelt fris op onze wangen. Het is een prachtige dag en moeilijk voor te stellen dat maar een paar kilometer verderop de woonplek van Lucifer zou zijn.

Ik voel nog steeds de nagloei van mijn ervaringen gisteravond op Alloya's bank. Blijkbaar was het me gelukt om contact te maken met mijn Kat-Zelf in de zesde dimensie. Ook al voelde het buitenaards, het voelde ook vertrouwd. Het was niet dat ik letterlijk in een Leeuw of Jaguar veranderde en een echte staart had, maar ik kon een beetje van het karakter en het gevoel van deze hogere versie van mijzelf ervaren.

Al wandelend zeg ik: 'Alloya, ik begrijp nu beter waarom je gisteravond niet wilde ingaan op de uiterlijke kenmerken van buitenaardse wezens. Ze zouden me hebben afgeleid van het voelen, het zijn.'

'Ik ben blij dat je het begrijpt,' zegt ze. 'Ik ben de afgelopen acht maanden door een behoorlijke transformatie gegaan. Ik heb nog eens goed naar mijn programmering gekeken en me gerealiseerd dat veel van de ideeën die ik had over de Kosmos, het Universum, zielen, planeten, rassen, tijd, ruimte, en meer van dat soort zaken, niet juist zijn. Ik keek er nog steeds naar vanuit een 3D-perspectief. De vraag die jij mij gisteravond stelde over hoe buitenaardsen eruitzien, is een 3D-vraag die ik eigenlijk niet meer wil beantwoorden.'

'Snap ik.'

'Weet je, het is irrelevant hoe buitenaardsen eruitzien, want wanneer zij zichzelf aan ons tonen, hullen zij zich in *onze* beelden, *onze* verhalen en *onze* mythes. Wij zien hen dus niet zoals *zij* zijn, maar zoals *wij* zijn. Deze wezens bestaan niet in 3D, dus zij verschijnen in vormen die wij kunnen begrijpen en waaraan we kunnen relateren. Vroeger noemden wij ze goden, elven of engelen. Nu noemen we ze buitenaardsen.'

'*Good point*!'

'Iedereen ervaart deze wezens anders, omdat ieders filters anders zijn. Is het je wel eens opgevallen dat veel gechannelde informatie uit de Verenigde Staten anders is dan die uit Europa? In Amerika hebben ze het vaak over Galactische Federaties, Gigantische Moederschepen en Opgestegen Meesters in glanzende zilveren ruimtepakken. Ik vraag me weleens af of deze mensen niet te veel naar Star Trek hebben gekeken.'

'Haha, herkenbaar.'

'Het is niet zo dat deze mensen opzettelijk desinformatie

verspreiden. Onze geest probeert de gaten in onze waarnemingen op te vullen met eigen beelden, met interpretaties van de waarheid. Zo ervaren we allemaal onze eigen realiteit.'

'In Holland zeggen we: *we try to make chocolate out of it.* Ik bewonder het in je dat je de moed hebt om concepten los te laten waarvan je eerder dacht dat ze waar waren. Voor mij is dat het kenmerk van de ware onderzoeker: altijd verdergaan en nooit vast komen te zitten in één waarheid.'

Een paar uur later zijn we weer op weg naar Amsterdam. Op mijn vliegtuigstoel ligt een krant. Ik blader erdoorheen en lees wat over de nieuwste politieke ontwikkelingen, het laatste sportnieuws en de strips en dan valt mijn oog op een alarmerend bericht: 'Geen chocola in de toekomst.'

Het artikel leest: 'Experts zeggen dat de cacaoboom waarschijnlijk binnen dertig jaar zal verdwijnen als gevolg van klimaatverandering. Deze boom groeit alleen in een relatief klein gebied dat de Cocoa Belt wordt genoemd. Cacaobonen hebben een constante, warme temperatuur nodig, een hoge luchtvochtigheid en veel regen. Met de verandering van ons klimaat, is de kans groot dat de Cocoa Belt te klein wordt. De gemiddelde chocoladeliefhebber eet 286 repen per jaar, waarvoor tien cacaobomen nodig zijn. Binnen dertig jaar, zeggen experts, is het onrealistisch om aan te nemen dat er genoeg cacao zal zijn om de wereld te voeden.'

Ik leg de krant weg en kijk naar Binkie die heerlijk ligt te slapen. Gelukkig maar. Het is beter dat zij nu onbewust blijft van dit slechte nieuws. Ik staar somber uit het raam en herinner me eens een ijskastmagneet te hebben gezien waarop stond: *Save the Earth, it's the only planet with chocolate.* Ik vraag me af of dat inderdaad zo is.

Dan valt me iets te binnen: als het inderdaad zo is dat de Aarde de enige planeet met chocola is, dan zou dat voor alle sterrenrassen een goede reden moeten zijn om de Aarde te redden. Misschien kunnen we dan eindelijk een keer met z'n allen voor hetzelfde doel gaan en de neuzen dezelfde kant op krijgen, in plaats van al die zinloze oorlogen.

Wanneer we door de gate lopen, gaat Binkie richting het treinstation om haar ouders op te zoeken. We nemen afscheid en ik loop richting de parkeergarage. Onderweg kom ik voorbij krantenkiosken, boekwinkels, drogisterijen, supermarkten, bakkerijen, restaurants en koffietentjes die allemaal chocola verkopen. Het is moeilijk je een wereld zonder chocola voor te stellen. Ik wou dat ik Time Bender kon vragen of de Aarde werkelijk de enige planeet met chocola is.

'Heb je me geroepen?'

'Time Bender! Da's ook sterk. Ik dacht net aan u.'

'Je telepathische gaven zijn toegenomen. Hoe is het met je, jonge vriend?'

'Niet zo goed, eerlijk gezegd. Ik las net een artikel waarin wordt gezegd dat er in de toekomst waarschijnlijk geen chocola meer zal zijn op Aarde. De cacaoboon sterft uit als gevolg van klimaatverandering.'

'Dat is inderdaad slecht nieuws,' zegt hij grimmig.

Ik kijk om te zien of hij een grapje maakt, maar hij lijkt bloedserieus. Tijd voor de hamvraag: 'Weet u of er andere planeten zijn met chocola, of zijn wij de enige?'

Hij staat even stil, pakt mijn arm en zegt dan met een enigszins gezwollen stem: 'Het spijt me je te moeten zeggen, jonge vriend, dat de Aarde inderdaad de enige planeet is met chocola.'

'Aha, nu begrijp ik waar al die Galactische oorlogen werkelijk over gingen en waarom iedereen de Levende Bibliotheek wil bezitten. Eindelijk beginnen de puzzelstukjes op hun plek te vallen!'

Nu lacht hij wel en met kwieke tred leidt hij me weg van de parkeergarage in de richting van de hoofduitgang. Vlak buiten de draaideuren staat een fantastische futuristische limousine van een elegant ontwerp dat ik nooit eerder heb gezien. De ronde vormen hebben een weerspiegelende aquablauwe kleur die alles reflecteert. De kleuren lijken steeds te veranderen. Het is absoluut adembenemend.

'Een cadeautje van mijn Pleiadische vrienden,' zegt Time Bender, terwijl hij me in de richting van de auto stuurt.

'U weet dat u hier niet mag parkeren, toch?'

'Ja, maar niet veel mensen zien dit voertuig. Het is alleen zichtbaar vanuit een 4D-perspectief.'

'Zitten wij nu in 4D?'

'Ja, tijdelijk, totdat ik je naar je bestemming heb gebracht.'

Ik kijk rond en merk dat mijn omgeving inderdaad is veranderd. Het vliegveld is er nog steeds, de mensen zijn er nog steeds, maar de sfeer is anders. Er is een ontspannenheid en gemak in de manier waarop het leven beweegt. Mensen lachen naar elkaar, ik zie geen schreeuwerige advertenties en zelfs het weer voelt anders.

We stappen in de bolide en Time Bender loodst ons vaardig naar de snelweg in de richting van Amsterdam. Het voertuig maakt geen enkel geluid en hoeft niet te worden bestuurd. Er is geen gaspedaal, geen versnelling, geen rem. Het lijkt zich vanzelf voort te bewegen. Wanneer we de periferie van de stad bereiken, nemen we een afslag die me niet naar huis brengt, maar naar het centrum van de stad.

'Waar gaan we heen Time Bender?'

'Ik wil je meenemen naar de Noordermarkt voor een stuk appeltaart. Je hebt er nog een tegoed voor die keer dat ik niet kwam opdagen om je met Alloya in contact te brengen.'

Amsterdam ligt er prachtig bij vandaag. Ze blinkt in de middagzon. Het water in de kanalen reflecteert het zonlicht op de antieke gebouwen en schildert een eigen landschap. Ook hier is de atmosfeer meer ontspannen dan ik gewend ben. Ik merk dat ik diep en rustig adem, iets wat ik meestal in de binnenstad niet doe. Het zal de 4D-bril wel zijn.

De Noordermarkt bruist van het leven. Het is vandaag markt en dit moet wel de leukste markt van het land zijn, met een grote variëteit aan biologische voeding, gekke spullen, antiek en tweedehands kleding. Time Bender vindt een tafeltje op het terras in de zon en vraagt de serveerster om thee en appeltaart. Ze lacht innemend en het valt me op hoe mooi ze is. Aan wie doet ze me nou denken? Oh ja, aan Anna. Ze heeft dezelfde zwarte ongekamde krullen, vurige ogen, trotse glimlach en fiere houding. Ze spreekt in gebroken Engels met een Spaanse tongval. Ik vraag haar of ze uit Spanje komt.

'Nee hoor,' zegt ze. 'Ik kom uit Catalonië.'

'Dat is toch een deel van Spanje?' vraagt Time Bender beleefd.

Ze kijkt hem aan met een blik van onverholen misprijzen en gooit haar hoofd in de nek, zoals als een stier die zich opmaakt om de matador een lesje te leren.

'Je moet het mijn vriend niet kwalijk nemen,' zeg ik snel. 'Hij komt van een andere planeet en weet niets van het trotse, onafhankelijke volk van Catalonië, met helden als Salvador Dalí en Johan Cruijff.'

Haar gezicht klaart op en een heerlijke, verleidelijke glimlach is mijn deel. Ze komt nu dicht tegen me aan staan en drukt haar volle, warme dij tegen mijn schouder. Ze ruikt zalig.

'Mmm, jij begrijpt me tenminste,' kirt ze in mijn oor. 'Jij bent mijn blauwogige Catalaan.'

Ik kijk haar verbijsterd aan, maar voor ik iets kan vragen, is ze al op weg naar de keuken om appeltaart te halen. Time Bender lacht om mijn verbaasde uitdrukking.

'Wees niet verrast door de synchroniciteit in 4D. Het is veel magischer en minder logisch dan de realiteit waarin je je meestal bevindt. Raak er maar vast aan gewend en geniet er vooral van.'

Wanneer de appeltaart arriveert, neemt Time Bender een hap en rolt met zijn ogen: 'Ah, als er straks geen chocola meer is, laat er dan in ieder geval appeltaart zijn.'

'En mooie serveersters.'

'En mooie serveersters.'

Dan verandert zijn toon en wordt hij serieus: 'Mijn vriend, dit zal onze laatste ontmoeting zijn. Het ruimtetijd moment dat ons werd gegeven, is zich aan het sluiten.'

'Wat? Echt? Zal ik u nooit meer zien? Hidden Hand is ook al vertrokken. Het lijkt wel alsof ik jullie allemaal kwijtraak.'

'Natuurlijk zullen wij elkaar weer zien, maar dat zal in een andere vorm zijn. Maak je maar niet ongerust, het zal goed met je blijven gaan.'

'Maar hoe zit het dan met nieuwe opdrachten en zo? Moet ik het vanaf nu allemaal zelf maar uitzoeken?'

Ineens herinner ik me dat mijn vader een Delfts tegeltje boven zijn bureau had hangen met de tekst: 'Je zoekt het zelf maar uit'. Ik glimlach. Hij had het toen al door.

'Ik kan je hand niet blijven vasthouden,' zegt Time Bender, 'zoals jouw vader je ook moest loslaten. Het is tijd om zelf een Time Bender worden. Je hebt het in je en...'

'En je bent hiervoor getraind. Ja ja, ik weet het. Ik ben schijnbaar de enige die zich daar niets van kan herinneren.'

Time Bender lacht om mijn grapje, neemt een slok thee en zegt dan op gewichtige toon: 'Alvorens ik vertrek, is er nog iets dat ik met je moet delen. Het gaat over wellicht het belangrijkste aspect van jouw verleden waarmee je in het reine moet zien te komen.'

'Ik ben benieuwd.'

'Zie je, toen de eerste buitenaardsen jullie lang geleden bezochten, waren jullie een jong ras. Jullie waren eigenlijk nog kinderen. De relatie die jullie hadden met degenen die jullie bezochten, is te vergelijken met een ouder-kindrelatie.

Het heeft dezelfde dynamiek. Als mensen in therapie gaan, moeten ze vaak eerst de waarheid onder ogen zien over hun ouders, voordat zij hun eigen identiteit kunnen ontwikkelen. Ze moeten inzien waarom hun ouders waren zoals zij waren, en hoe dat invloed heeft gehad op hoe zij zijn geworden.'

'Ja, dat klinkt logisch.'

'Ik schaam mij ervoor te moeten zeggen dat jullie over het algemeen niet erg zijn gekoesterd door jullie ouders. In plaats daarvan werden jullie vaak onderdrukt, genegeerd, gebruikt en chronisch in de steek gelaten. Jullie werden niet aangemoedigd om je eigen identiteit te ontwikkelen. Jullie ouders hebben geprobeerd jullie te vormen naar hun evenbeeld. Dit creëerde in jullie jeugd buitengewoon veel stress, onzekerheid en emotionele pijn.'

'U zegt in feite dat we getraumatiseerd zijn.'

'Dat is precies wat ik zeg en jullie gedragen je ernaar. Jullie zijn als losgeslagen tieners die onbewust de disfunctionele patronen van jullie ouders uitleven. Jullie dienen nu in te zien wie jullie ouders waren en wat het gevolg is geweest van de opvoeding die jullie hebben gekregen. Door dit in te zien, kunnen jullie beginnen om jullie eigen, unieke identiteit als ras te gaan ontwikkelen. Dan - en alleen dan - zullen jullie eindelijk vrede vinden.'

De serveerster komt vragen of alles naar wens is en geeft me en passant een vette knipoog. Als ze weg is, gaat mijn aandacht weer terug naar Time Bender en zijn uitleg over hoe wij door onze voorouders zijn gevormd, of misvormd eigenlijk. Ik vraag hem hoe we deze voorouders weer kunnen leren kennen en hoe we ons jeugdtrauma kunnen oplossen.

'Het is een proces van begrip, acceptatie en vergeving. Jullie zullen jullie autoritaire, overheersende vaders van Lyra moeten vergeven. Jullie moeten jullie overbezorgde, grensoverschrijdende moeders van Sirius aan het hart drukken.

Jullie moeten jullie bazige oudere broers en zussen uit de Pleiaden hartelijk bedanken. Jullie moeten jullie wrede Anunnaki-voorvaderen eren en jullie moeten buigen voor jullie kille, gewelddadige Draconische grootouders.'

'Wat? Moeten we buigen voor wezens die ons gebruiken als voedsel en ons al eeuwenlang kleinhouden, manipuleren, misbruiken en terroriseren?'

'Inderdaad. Maar je maakt een denkfout. Je denkt nog steeds dat *zij* jou iets hebben aangedaan. Je moet inzien dat niemand jou iets heeft aangedaan. *Jij* hebt dit spel gecreëerd. Je bent geen slachtoffer. Je kunt jezelf alleen transformeren als je jouw ervaringen toe-eigent. De reden dat een pijnlijke realiteit blijft bestaan, is omdat je er geen verantwoording voor neemt en de schuld ervan buiten je plaatst.'

Ik kan hem geen ongelijk geven natuurlijk, maar vraag me af of ik - en wij - hiertoe in staat zullen zijn. Ik zie wel in dat dit waarschijnlijk de enige weg is naar een blijvende vrede en verlossing uit dit kunstmatige controlesysteem dat net zolang zal doorgaan, totdat we stoppen met ons ertegen te verzetten. Of, zoals Lucifer zei: totdat de laatste van ons is gestopt om met de Duivel te dansen.

Vergeving dus. Time Bender heeft ook gelijk als hij zegt dat we alleen verder kunnen evolueren als we in het reine komen met onze ouders. Tenslotte zijn de thema's waar we hier op Aarde al zo lang ruzie over maken in feite *hun* thema's. Hun strijd is onze strijd geworden. En blijkbaar hebben wij - de mensheid - ons vrijwillig aangemeld om deze oerthema's hier en nu op Aarde uit te werken en voor eens en voor altijd op te lossen door het verleden te vergeven en de weg vrij te maken voor een betere toekomst voor ons allemaal.

Is het niet interessant, bedenk ik me, dat het meest verdichte ras dat in het afvoerputje van het Universum woont - degenen waarop alle geavanceerde rassen neerkeken als zijnde een stelletje klunzige barbaren - zich nu ontpopt als hun redders? Het lijkt erop dat het niet zozeer de geavanceerde buitenaardse rassen zullen zijn die de Kosmische problemen gaan oplossen met fantastische technologie, maar de simpele mensenwezens die maar één wapen tot hun beschikking hebben: een groot hart.

Ik ontwaak uit mijn overpeinzingen, omdat er een opstootje ontstaat rondom Time Benders auto. Er staat een groepje mensen omheen dat hevig in debat is over wat voor voertuig het precies is. Anderen lopen langs de auto zonder iets te zien en kijken verbaasd naar de menigte die zich ogenschijnlijk loopt op te winden over helemaal niets. Het is vreemd om deze verschillende realiteiten op hetzelfde moment te zien gebeuren.

Time Bender ziet het ook en wenkt onze serveerster voor de rekening. Dan buigt hij zich naar mij toe en zegt: 'Je weet dat je over dit alles een boek gaat schrijven, toch?'

'Wat? Echt niet! Ik denk eerlijk gezegd niet dat ik daarvoor ben gekwalificeerd, Time Bender. Ik begrijp het zelf allemaal nog maar nauwelijks. Dit is allemaal zo nieuw voor me. Soms denk ik zelfs dat ik het allemaal maar verzin en mijn verstand aan het verliezen ben.'

'Maar dat is ook precies waarom jij gekwalificeerd bent om dit boek te schrijven. Je bezit een *beginners mind*. Ik hoop niet dat je dit als een belediging opvat, maar jij verstaat de kunst van het stellen van de domme vraag.'

'Dank u, heel vriendelijk.'

Ik probeer me er nog een keer onderuit te wurmen: 'Time Bender, u moet begrijpen dat dit soort informatie behoorlijk explosief is hier op Aarde. Er lopen nog steeds massa's mensen rond die dit allemaal flauwekul vinden en naar hun voorhoofd wijzen als je begint over buitenaardsen en zo. Je wordt tot "complotdenker" gebombardeerd. Ik heb eerlijk gezegd niet zo'n zin om in zo'n hokje terecht te komen.'

'Een belangrijk onderdeel van jouw opdracht is te leren om te gaan met tegenwerking en dingen niet persoonlijk op te vatten.'

'Maar als mensen mij aanvallen, is dat toch persoonlijk?'

'Nee hoor. Een mening of oordeel zegt niet zoveel over jou en alles over degene die oordeelt. Wanneer je dit inziet, zie je dat niets persoonlijk is. Het zijn allemaal projecties. Dus: *maak* het niet persoonlijk. Speel je rol en schrijf vanuit je hart. Deel je ervaring en probeer niet om mensen te overtuigen.'

'Maar dit is allemaal zo *weird*. Niemand zal dit geloven. Ze zullen denken dat het verzonnen is.'

'Waarom schrijf je het dan niet in de vorm van een roman, een fictief verhaal?'

'Dat is best een goed idee. Ja, dat zou kunnen werken...'

Time Bender staat tevreden op en reikt me voor de laatste maal de hand. Plechtig zegt hij: 'Namens Gaia dank ik je vanuit mijn hart voor je medewerking en bereidwilligheid om je rol te spelen.'

'Niets te danken, Time Bender. Het is een grote eer voor mij geweest om u te mogen kennen en samen te kunnen werken in dit derde immense experiment.'

Hij lacht nu breeduit, geeft me een knipoog en zegt: 'O ja, ik moest nog zeggen dat Gaia je steeds sexyer vindt worden.'

Ik lach hem dapper toe, maar voel de tranen achter mijn ogen opwellen.

'Ik zal u missen, Time Bender. U heeft me zo veel geleerd en ik heb iedere keer zo genoten van onze ontmoetingen. Ik heb er gewoon geen woorden voor om u te bedanken.'

'Ik hoop dat je *wel* woorden vindt, mijn vriend. Vergeet je volgende opdracht niet: je gaat een boek schrijven.'

Met deze woorden draait hij zich om en loopt richting zijn bolide. De mensenmenigte wijkt uiteen wanneer ze hem zien naderen en kijken eerbiedig toe hoe de deur zich vanzelf opent. Time Bender knikt vriendelijk, kijkt nog even naar mij en zwaait. Dan verdwijnt hij zonder enige geluid de Westerstraat in.

Ik kijk om me heen en zie dat de kleuren van de omgeving langzaam beginnen te verflauwen. De 4D-atmosfeer waar ik met Time Bender in verkeerde, is zich aan het oplossen. Ik voel een rilling door me heen gaan en trek de rits van mijn jas omhoog. Mijn Catalaanse serveerster komt naar me toe en lacht bemoedigend. Ik zie er blijkbaar een beetje hopeloos uit.

'Zal ik nog wat thee en appeltaart voor je halen?'

'Doe maar.'

Ze loopt naar binnen en ondertussen pak ik de laptop uit mijn reiskoffer. Ik open de computer, maak een nieuw document aan en begin te schrijven: 'Het was een warme zomeravond in New York City en John Lennon had behoefte aan frisse lucht.'

BRONNEN

'Everything will be okay in the end.
If it's not okay, it's not the end.'

John Lennon

Time Bender is geschreven op basis van kennis en onderzoek van velen - van de Aarde en van ver daarbuiten. Ik heb de vrijheid genomen om hun wijsheden in de verschillende personages van dit boek te gieten. Ik moedig mijn lezers aan om zich verder te verdiepen in de achtergronden van dit verhaal. De belangrijkste bronnen zijn:

Biblioteca Pleyades: https://www.bibliotecapleyades.net
Alloya Huckfield: http://www.alloya.com
Hidden Hand: https://www.wanttoknow.info/secret_societies/hidden_hand_081018
Wes Penre: http://wespenre.com
Barbara Marciniak: https://www.pleiadians.com
Noel Huntley: http://www.users.globalnet.co.uk/~noelh
Montalk: http://montalk.net
Bashar: http://www.bashar.org
Lyssa Royal, Keith Priest: http://www.lyssaroyal.net
The Voyagers: https://www.abebooks.com/book-search/title/the-voyagers-the-true-story-of-a-race-of-beings-far-more-intelligent-than-us/author/surya-prakash-ed
Floating World: http://www.floating-world.org
Almine: https://www.spiritualjourneys.com
Dolores Cannon: https://www.dolorescannon.com
Alba Weinman: https://www.albaweinman.com
www.spherebeingalliance.com
www.divinecosmos.com

DANK JE

Time Bender voor inspiratie.
Alloya, gidslicht in onbekend terrein.
Hidden Hand en Lucifer voor jullie offer.
Gaia voor sexy liefde en genereuze overvloed.
Game Makers voor dit onwaarschijnlijke Universum.
Walaya, Sasha en Layan voor een blik in de toekomst.
Juno omdat je door alles heen mijn vriend bent.
Binkie dat je dit avontuur met me wilt delen.
Wendela voor je input en aanmoediging.
Paul voor inspiratie en proof reading.
Mensen voor jullie liefdevolle hart.